アズールレーン
AZUR LANE
ラフィーと始める指揮官生活
ツカサ illust. せんむ
制作協力：『アズールレーン』運営

エンタープライズ
USS Enterprise
「おや——これはもしかして、
タイミングを間違えてしまったかな。
今はあなたの貸し切りだったのだろうか？」
エルドリッジ
USS Eldridge

ラフィー
USS Laffey
マッコール
USS McCall

カッシン
USS Cassin
サンディエゴ
USS San Diego
ヘレナ
USS Helena
ロング・アイランド
USS Long Island

ラフィー
USS Laffey

「指揮官……おやすみ」
「――おやすみ」
俺たちは挨拶を交わし、
互いの体温を感じながら眠りに落ちる。
できれば今日は夢の中でも共にありたいと、
胸の内で俺は願った。

Contents

アズールレーン

ラフィーと始める指揮官生活

ツカサ

講談社ラノベ文庫

口絵・本文イラスト／せんむ
デザイン／柊椋（I.S.W DESIGNING）
編集／庄司智

序章

――ふわり。

誰かに、触れられた。

とても、とても遠くからだったけれど、その波紋は〝ここ〟まで届き、心地良い微睡《まどろ》みを揺らす。

（ん……？）

本当はもっと眠っていたい。

だって、たぶん〝わたし〟はたくさん、たくさん頑張った気がするから……惰眠を貪る権利ぐらいはあるはず。

でも……気になってしまった。

いったい誰が触れたのかと。

正体を確かめようと重い瞼《まぶた》を開くと、思ったより近くに水面が見える。

（眩《まぶ》しい……）

水面の向こうからは強い光が射し込んでいた。その輝きに照らされて、自分が〝何〟なのかを理解する。

遠い、いつかの思い出と――与えられた役割。戦うための力と、その扱い方。色んなものが一つに混じり合い、新しい〝わたし〟が〝建造〟されていく。

輪郭を得た意識と体が、浮き上がる。光輝く水面が近づいた。

（あ――）

光の中に揺れる影。

あれがきっと――わたしに触れた人。

光が強くなって、あまりの眩しさに目を閉じる。

さっきまで自分を包み込んでいた温かな微睡みの海は消え、冷たく乾燥した空気が頬《ほお》を撫《な》でた。

わたしは今、新しい〝わたし〟として〝進水〟したことを知る。

「ふわ……」

まだ眠くて欠伸《あくび》が漏れた。

（でも……ちゃんと挨拶しないと……）

頑張って瞼を開き、わたしの〝指揮官〟となる人の顔を見る。

彼は、驚いた表情でこちらを見下ろしていた。

普通の少年、というのが第一印象。あまり容姿に頓着しない性質なのか、短い黒髪は少し跳ねていて、身に着けた新品の軍服には折り畳まれていた時の皺《しわ》が残っている。

瞳も黒に見えたが、少し角度を変えるとわずかに青みがかっていた。

その暗い青は、深い海の色に似ていて……何となく、ずっと見ていたくなる。

だけど、まずは自己紹介。

眠っていた時は曖昧だったけれど、今はもう自分のことをちゃんと理解できていた。

体は人間と同じカタチ。小柄な女の子。白く長い髪と赤い瞳。名前は——。

「ベンソン級駆逐艦、ラフィー」

「ラフィー？」

指揮官がわたしの、ラフィーの名前を繰り返す。

「うん……命令を待っている」

わたしは頷《うなず》き、彼の指示を求めた。

それが建造された〝船〟の役割だから。

「め、命令って言われてもな……」

困った様子で視線を彷徨《さまよ》わせる指揮官。

だがふと、彼の視線がわたしの頭のあたりで止まる。そこにあるのは、長い髪を二つに纏《まと》めているウサギ耳型の髪留め。

あまりにもじっと見つめられて、少し恥ずかしくなってくる。

「……指揮官、この耳は本物じゃないから、そんなにじっと見ないで……」

髪留めを手で隠して訴えると、指揮官はハッとして視線を外した。

「すまない――ウサギ、好きなのか？」

「うん」

「俺も好きだぞ」

「……そう」

そこで会話は途切れる。

気まずそうな指揮官を見て、上手くわたしの感情が伝わっていないことに気が付いた。

自分が嬉《うれ》しい時、どうしたら分かってもらえるのだろう。

それが、〝新しいわたし〟が最初に抱いた疑問だった。

第一章　アズールレーン

1

「まさか、こんなことになるなんてな……」

彼方《かなた》まで広がる紺碧《こんぺき》の海を眺めながら、俺――ケイ・パレスは溜息《ためいき》を吐《つ》いた。

波はほとんどないが、四十ノット以上の速度で進む高速輸送船の甲板はわりと揺れる。

乗船初日は酷い船酔いで完全にノックダウン。ただ幸いにも丸一日寝て、今朝起きると普通に食事ができるようになっていた。

人間の適応力というのは、思った以上に優秀なようだ。

けれど肉体が環境に慣れても、心の方がまだ追いついていない。

「……こんなことって、どんなこと？」

俺の独り言が聞こえたのか、隣にいた少女が問いかけてくる。

小柄で華奢《きゃしゃ》な体躯《たいく》に、十代前半の女子が好んで着そうなラフな服装。

ふわふわした白い髪を頭の左右で二つに纏《まと》め、髪留めにはウサギの耳を模した飾りが付いていた。

こちらをじっと見つめる赤い瞳も相まって、とても〝ウサギっぽい〟女の子だ。

けれど彼女は見た目通りの存在ではない。

「新兵の俺がいきなり〝船〟を指揮する立場になって……こうして〝基地〟に向かってることだよ」

俺はあまりにも想定外だった現在の状況を口にする。

「指揮官は……ラフィーの指揮官になりたくなかった……？」

少女——ベンソン級駆逐艦のラフィーが不安そうに首を傾げるのを見て、俺は慌てた。

「そういうわけじゃない。俺だって〝ユニオン〟の一員だ。〝青き自由〟のために戦おうって意志はある」

軍人だった父親は前の大戦で命を落とした。あまり顔は覚えていないけれど、父のことは尊敬しているし、女手一つで俺を育ててくれた母を守りたいとも思う。

胸に秘めた〝とある夢〟を叶《かな》えるためにも、今歩んでいる道は間違いではない。

「——ただ、実際に〝戦える〟立場になれるなんて思ってなかったんだ。今は前線に出るのって、セイレーンに対抗できる〝船〟と、それを指揮する特別なエリートだけだろ？ミドルスクール出の一兵卒にしてみれば、雲の上の存在だったんだよ」

澄んだ青空に浮かぶ雲を見上げながら俺は言葉を補足した。

するとラフィーは俺の手を指でちょんちょんとつつく。

「階級とか……関係ない。指揮官は……ラフィーを建造したから、指揮官」

「そう、みたいだな」

苦笑しつつ、俺は頷《うなず》く。

兵士として採用された後に行われた様々な適性試験。その最後、俺は奇妙な部屋に通された。

用途が不明な大型の機械と、その中央に置かれたキューブ。

監督官の指示に従ってそのキューブに触れた途端、眩《まばゆ》い光が溢《あふ》れ——気付くと目の前にラフィーが立っていたのだ。

そこから俺はラフィーと共に別室へ通され、様々な説明を受けたのだが……展開について行けず、正直ほとんど内容を覚えていない。

かろうじて理解できたのは、俺はこれから士官待遇となり、〝指揮官見習い〟として〝基地〟で研修を受けるということだけだった。

「ラフィーはさ、こんな俺の〝船〟になってよかったのか？」

士官学校も出ていない新兵の〝船〟になることを彼女はどう思っているのか気になり、俺は問いかける。

するとラフィーは首を傾げた。

「いい……悪い……よく分からない。指揮官は、最初からラフィーの指揮官」

そう言って彼女は俺の袖を遠慮がちに掴《つか》む。

その様子を見て俺は気付いた。今のはあまりに無責任な質問だったのだと。

「そうか――全部、これからの俺次第だよな」

俺がラフィーを建造したのだ。その責任を自覚しなければ。

「うん……ラフィーは期待してる。指揮官もラフィーに期待して欲しい」

こくんとラフィーは頷き、真面目な表情で告げた。

「分かった。改めて、よろしく頼む」

「……よろしく」

もう一度首を縦に振ったラフィーは、ふと何かに気付いた様子で船の進行方向に視線を向けた。

「どうした？　あ――」

彼女の視線を追ってみると、そこには微かに陸地の影が見える。

「ルルイエ……」

ラフィーは小さな声で、俺たちがこれから配属される基地の名前を呟《つぶや》いた。

2

「ここがルルイエ基地……？」

ラフィーと共に港へ降り立った俺は、呆然《ぼうぜん》と呟く。

要塞のような場所を想像していたのだが、基地を見た俺の第一印象は〝学園〟だった。

ドックや大きな倉庫、滑走路など、軍用の施設はあるものの——体育館や校舎、ナイフとフォークの看板が掲げられた食堂らしき建物、海の家のような売店が、全体の印象を緩い雰囲気にしている。

港の向こうはビーチになっているようで、色鮮やかなパラソルが並んでいた。

「楽しそうな場所……」

ラフィーがその光景を見て、ぽつりと呟く。

「楽しくていいのか……？」

ガコン、ガチャン——。

そして戸惑う俺の後ろからは、大きな音が響いてくる。

振り返れば、輸送船からの物資積み下ろしが始まっていた。

作業をしているのはヘルメットを被った黄色い鳥たち。丸っこくてヒヨコっぽい見た目だが、大きさがビーチボールぐらいあるので、群れていると迫力がある。

「器用なもんだ」

運搬用機械の操作を行っている鳥たちを俺は感心して眺めた。

　基地のインフラや各設備の維持管理はこうした〝鳥〟が行っているらしい。輸送船にも何羽か乗っていた気がする。

「かわいい……」

「ピヨピヨ！」

　ラフィーは足元を通る鳥を抱きあげようとしたが、邪魔だというように翼で振り払われてしまう。

「仕事の邪魔をしちゃいけないな。出迎えはないようだし、とりあえずあそこへ行ってみよう」

　俺が煉瓦《れんが》造りの大きな建物を指差すと、ラフィーは少し残念そうに頷いた。

「うん……わかった」

　そうして俺たちは海沿いの道を歩き出す。

　少し進むと防波堤の向こうは砂浜になり、波の音が柔らかくなった気がした。

　港からも見えたパラソルが白い砂浜をカラフルに彩っている。しかし海水浴や日光浴をしている者の姿はない。

「誰もいないな」

　無人のビーチを見ながら俺は呟く。

　けれどラフィーが首を横に振った。

「ううん……あそこにいる」

「え？　どこだ？」

「あそこ……埋まってる」

「な――――」

ラフィーが指差した先を見て、俺は絶句する。

確かにそこには、人の顔らしきものが見えた。

「様子を見に行った方がいいよな……」

わりと波打ち際に近いので、潮が満ちれば危険かもしれないと思い、俺は呟く。

「指揮官が行くなら、ラフィーも行く。でも……何だかちょっと嫌な予感」

躊躇《ためら》いながらもラフィーが同意してくれたので、俺は砂浜へと降り、埋まっている人物のところへ向かった。

近づくとそれが赤い髪の少女だと分かる。砂を踏む足音に気付いていたらしく、少女は俺とラフィーが視界に入るとすぐに声を掛けてきた。

「あれー⁉　あなたたち誰ー？　知らない人だーっ！」

「あ、俺たちは――――」

やたらと高いテンションの少女に名乗ろうとするが、それを遮って彼女は言葉を続ける。

「待って待って！　よく考えたら、人に名前を訊《たず》ねる前に自分が名乗らなきゃねー！　ハロー！　私はアトランタ級防空巡洋艦のサンディエゴだよーっ！　よっろしくーっ！」

「よ、よろしく……俺は〝指揮官見習い〟としてこの基地に配属されたケイ・パレスだ」

勢いに押されながらも俺は自己紹介を行った。

すると少女――サンディエゴは目を輝かせる。

「えーっ！　指揮官⁉　あなた指揮官なの⁉　あれ……指揮官？　そういえば指揮官のことで何か言われてたようなー……」

眉を寄せ、悩み始めるサンディエゴ。

そんな彼女を見下ろしながら、ラフィーも名乗る。

「ラフィーは、ベンソン級駆逐艦のラフィー。サンディエゴは……どうして埋められてる？」

その質問を聞いたサンディエゴは、ぱっと笑顔になって口を開いた。

「聞いて聞いて！　あのね！　サンディエゴを土に埋めると植物がよく育つらしいんだよ！」

「は……？　意味が、分からないんだが」

本気で困惑し、俺は聞き返す。

「だっよねー！　でもホントなの！　悪戯《いたずら》したお仕置きでアトランタ姉に枯れ木の下に埋められたことがあったんだけどね！　次の日にはいきなりお花が満開になってたんだか

ら！」

「何だそれ……〝船〟にはそんな機能もあるのか……？」

「よく分からないけど、私の〝艦名〟が変な因果を引きよせてるんだってー！　だから、砂浜もお花畑にできるかなーって。任務の時間まで暇だったしー、ジュノー姉に頼んで埋めてもらったんだーっ！」

あっけらかんと笑うサンディエゴ。俺は頭痛を覚えながら自分の意見を述べる。

「さすがに砂浜じゃ普通の植物は育たないと思うぞ。というか任務は大丈夫なのか？」

「うん、大丈夫！　何かねー……えーと……あ、思い出した！　正午に指揮官見習いと駆逐艦の子が来るから、港まで迎えに行けって言われてたんだった！」

それを聞いた俺は我慢できずにツッコむ。

「いや、全然大丈夫じゃないし！　それが俺とラフィーだから！　もう正午過ぎてるから！」

俺は軍から支給された携帯端末を取り出して、サンディエゴの顔の前に翳《かざ》して見せた。

「えーっ！　嘘《うそ》ーっ⁉　遅刻遅刻ぅっ‼　港へ急がなきゃっ！」

慌てた様子でボコリと砂の中から自力で立ちあがるサンディエゴ。

そのまま走り出そうとする彼女の襟首を、俺は寸前で捕まえる。

「だから話をちゃんと聞いてくれ！　俺とラフィーはもう目の前にいるだろ。ここから案内してくれればいいんだって！」

「あっ、確かに！　指揮官、あったまいいーっ！　じゃあレッツゴーっ！」

サンディエゴはポンと手を叩《たた》いて回れ右をした。

「そっち……海」

今度はラフィーが呆《あき》れた顔で引き留める。

ピタリと足を止めたサンディエゴは口元に指を当て、首を傾げた。

「あれ？　どこに案内すればいいんだっけ？」

「……俺に聞かないでくれ」

ラフィーの嫌な予感は当たったなと、俺は大きく溜息を吐く。

もしこんな子を〝指揮〟しろと言われたら、どうすればいいのだろう。

俺は基地に着いて早々、自分の先行きに不安を覚えたのだった。

3

何とかサンディエゴに任務の内容を思い出してもらい、辿《たど》り着《つ》いたのは——大講堂と呼ばれる煉瓦造りの建物の最上階。

そこではルルイエ基地を統括する人物が俺たちを待っていた。

いや、それを〝人〟と呼んでいいのかは分からないのだが……。

「私がルルイエ基地の最高責任者であるバード准将だピヨ。長旅ご苦労だったピヨ」

俺の前に立つのはずんぐりむっくりとした黄色い鳥。しかもデカい。背は俺と同じぐらいだが、横幅も同程度あるので圧迫感が凄い。

しかし准将という階級に偽りはないらしく、身に着けた軍服（上着だけだが）にはいくつもの勲章が輝いていた。

「――ケイ・パレス少尉、および駆逐艦ラフィー、着任しました」

色々な疑問をぐっと飲み込み、俺は敬礼する。

「ラフィー、着任。鳥さん……触ってもいい？」

だが俺に続いて挨拶したラフィーがとんでもないことを言い出した。先ほど〝鳥〟を触れなかったことを残念に思っていたのだろう。

「お、おい、そんな失礼なこと――」

「よいピヨ。好きなだけ触るピヨ」

慌てる俺だったが、黄色い巨大鳥――バード准将は鷹揚《おうよう》に頷く。

ラフィーは早速バード准将の羽毛に触れ、表情を緩めた。

「あったか……ふわふわ……いい感じ」

バード准将はそんなラフィーをじっと眺めた後、俺に視線を向ける。

「ケイ少尉、こんな〝鳥〟が将校なのは不思議ピヨか？」

表情から心を読まれ、俺は言葉に詰まった。

「あ、いえ、その……」

「誤魔化す必要はないピヨ。それが普通の反応ピヨ。このルルイエは、他とは違う特別な基地なんだピヨ」

「特別、ですか？」

困惑しながら俺は問い返す。

「うむ。私はこの基地における最高責任者で、ここに所属する〝船〟は私の部下であり〝艦隊〟ピヨが……私は彼女らの〝本物の指揮官〟ではないのだピヨ」

バード准将はそう言って俺の背後を視線で示す。そこには俺とラフィーをここまで案内したサンディエゴが待機して――いなかった。

「はて？　サンディエゴはどこへ行ったピヨ？」

きょとんとするバード准将に、俺は部屋の隅を指差す。

「あそこです……」

彼女は扉の前を離れ、部屋の隅に置かれた観葉植物の傍にしゃがみこんでいる。

鉢の中に指を突っ込んでいるのを見ると、どうやらまた植物への発育効果を実験しているらしい。

「おっきくなーれ、おっきくなーれー」

楽しげに歌っているサンディエゴを見ながら、バード准将は言葉を続ける。

「こほん。現在〝ユニオン〟では〝船〟の量産態勢に入っているピヨが、肝心の指揮官が足りない状況なのだピヨ。よってルルイエにいる〝船〟は〝本当の主〟がいないまま着任した者ばかりピヨ。ゆえに指揮官見習いの研修場所として、この基地は最適なのだピヨ」

「えっと、本当の主っていうのはどういう……」

バード准将の言わんとしていることがよく分からずに、俺は眉を寄せた。

するとバード准将は目を細め、鷹《たか》のような眼差しで俺を見据える。

「いずれ分かるピヨ。士官学校を出ていないケイ少尉と建造されたばかりのラフィー君には、これから他の〝船〟たちと共に教練を受けてもらい、様々な試験を課していくピヨ。それら全てに合格して初めて、君たちは一人前の指揮官とその〝船〟として認められるピヨ」

重々しい言葉を受け、俺はビシリと背筋を正した。

「はい！　懸命に励みます！」

ラフィーもバード准将の気配が変わったのに気付き、ふわふわの羽毛から離れて俺の隣に並ぶ。

「ラフィーも……できるだけ、頑張る」

俺たちの言葉を聞いたバード准将は大きく頷いた。

「よろしい。では今後についての詳しい説明は——」

そう言いながらバード准将の視線はサンディエゴの方を向くが、俺とラフィーが露骨に不安げな表情を浮かべたのを見て、こほんと咳払《せきばら》いをする。

「——ああ見えて彼女はこの基地で二番目に優秀な〝船〟なのだが……こうした任務には向いていないようなので、別の者に任せるピヨ」

それを聞いて、ほっとした息が俺とラフィーから同時に零れた。

4

「はじめまして、私は軽巡艦のヘレナよ。これから基地を案内するわ」

サンディエゴの代わりにやって来たのは、落ち着いた雰囲気の少女だった。

髪は青から紫へと緩やかなグラデーションを描き、瞳はピンクがかった紫。幻想的で儚《はかな》げな印象だが、服装は露出が多く——剝《む》き出《だ》しの肩や太もも、豊かな胸の谷間に視線が吸い寄せられてしまう。

「指揮官……目がやらしい」

そんな俺をジト目で見つめるラフィー。

「な――ち、違うって。綺麗《きれい》な人だったから、少し見惚《みほ》れてただけだ」

俺は慌てて弁解するが、それを聞いたヘレナは微かに頬《ほお》を染めた。

「あ、ありがとう……褒めてくれて嬉《うれ》しいわ。〝指揮官になれる人〟と会ったのは初めてだけど、やっぱりどこか普通の人とは違うのね」

「そうかな……特別なことなんて、何もないと思うんだが……」

謙遜ではなく本心で俺は言う。けれどヘレナは柔らかく淡く微笑んで、首を横に振った。

「ううん、変わってる。普通の人は〝船〟のことを〝綺麗な人〟だなんて言わないわ」

するとそれを聞いたラフィーが横から俺の服を引っ張る。

「指揮官……ラフィーは？」

「え？」

「ラフィー……キレイ？」

じっと赤い瞳で見つめてくるラフィー。表情はやけに真剣で、はぐらかせる雰囲気ではない。

「ラフィーは――可愛い、かな」

少し考えてから、俺は正直な気持ちを口にした。

「かわいい……？　キレイじゃない？」

「いや、綺麗だけど可愛いの方が勝ってるというか……」

俺が焦りながら補足すると、ヘレナがラフィーに近づき、目線を合わせて微笑む。

「指揮官は、ラフィーのことを褒めてくれているのよ。可愛いって言ってもらえて、私はすごく羨ましいわ」

ヘレナの言葉を聞き、ラフィーの頬に赤みが差す。

「そう……ラフィーも、ヘレナがキレイで羨ましい」

「ふふ、ありがとう」

ヘレナは礼を言ってラフィーの頭を撫《な》でた。

どうやら丸く収まったらしい。

ヘレナと視線が合ったので、俺は小さく頭を下げて感謝を伝える。彼女はにこりと笑い、ラフィーの手を引いて歩き出す。

「じゃあ行きましょうか。ここは広いから、ぼやぼやしていると日が暮れてしまうわ」

「うん……指揮官も、行こ」

ラフィーに促され、俺も後に続いた。

隣に並ぶとラフィーは俺の服を指で摘まむ。少し歩きづらくなったが、俺は何も言わず歩調を合わせた。

最初に案内されたのは、輸送船の停泊する港に隣接した、巨大な屋内型ドックだった。

「……おっきい」

そこに並ぶ〝本物の船〟を見上げて、ラフィーは感嘆の声を漏らす。

そう――このドック内にあるのはラフィーのような人の姿をした〝船〟ではなく、人を乗せて海を往《ゆ》く本来の艦船だ。

「ここにあるのは〝量産型〟よ。私たち用のドックも向こうにあるけど、快適な寮舎ができてからはそっちで生活している〝船〟が多いわね。私もドックの方は艤装《ぎそう》置き場にしてあるわ」

ヘレナはそう説明してすたすたと先に進むが、俺はよく理解できない部分があって問いかけた。

「量産型って何なんだ？」

「ああ、指揮官はまだその辺りのことは知らないのね。簡単に言えば〝魂のない船〟という感じかしら。その辺りのことはいずれ教わるはずよ」

あまり詳しい説明はせず、ヘレナは先へ進んだ。

壁で仕切られた隣の区画に入ると、そこにもドックが並んでいたが、先ほどに比べれば一つ一つがとても小さい。そしてその傍にはそれぞれ扉があり、上部には名札が設置されていた。

「ここが……〝船〟のドック？」

ラフィーが興味深そうに呟くと、ヘレナは頷く。

「ええ、ラフィーの部屋も用意してあるわ。こっちよ」

少し歩いた先に、〝ラフィー〟と書かれた真新しいプレートが設置されている部屋があった。

「……見てみる」

早速扉を開け、中を覗《のぞ》き込《こ》むラフィー。

しかし期待とは違ったのか、彼女は小さく肩を落とす。

「何もない……」

そんな彼女を見て、ヘレナは苦笑を浮かべた。

「昨日、皆で協力して掃除したばかりなのよ。艤装も調整が終わったら届くだろうし、家具はストックがあるものならすぐにラフィーの表情は晴れない。

けれど、その言葉を聞いてもラフィーの表情は晴れない。

静かなドックを見回してから、不安そうに呟く。

「ここ……ちょっと、寂しい。ラフィーも寮舎がいい」

それを聞いたヘレナは、少し困った顔で口を開いた。

「えっと実はね、寮舎は人気で部屋数が足りていない状況なの。だから寮舎で暮らすなら誰かと相部屋になってもらわないといけないんだけど……」

「ラフィー、相部屋でいい」

即答したラフィーを見て、ヘレナはほっとした笑みを浮かべる。

「じゃあ私の部屋に来る？」

その提案にラフィーは表情を明るくした。

「うん、ヘレナなら……ラフィーは嬉しい」

ぽふっとヘレナに抱き付くラフィー。

ヘレナは少し戸惑った様子だったが、すぐに優しい笑みを浮かべてラフィーの頭を撫でる。

「これからルームメイトとしてよろしくね、ラフィー」

その光景はまるで姉妹のようで、俺は思わず表情を緩めた。

けれどそこでふと気付く。

「なあ、ヘレナ。俺の部屋はどこになるんだ？」

「え？」

顔を上げたヘレナは、きょとんとした表情で俺を見返した。

「……部屋、あるよな？」

嫌な予感を覚えて聞き返すと、ヘレナは冷や汗を垂らしつつ通信機らしきものを取り出す。

「ちょ、ちょっと待ってね。今、バード准将に聞いてみるから」

そして連絡を取るヘレナだったが、通話を終えた後の表情はぎこちなく強張《こわば》っていた。

「あ、あのね、寮舎の裏に使っていない倉庫があるから——そこを掃除すれば、たぶん何とかなるわ」

「って、やっぱり俺の部屋はなかったのか……」

俺が肩を落とすと、ヘレナは申し訳なさそうに頭を下げる。

「ごめんなさい……この基地にはこれまで人間が常駐していなかったから……バード准将もうっかりしていたみたいで……」

「いや、いいよ。でもそうなると、今日はこれからその倉庫の掃除に取りかかった方がいいかもな。できれば日が暮れるまでに住める状態にしておきたいし」

過ぎたことは仕方ないので、俺はとりあえず前向きに今やるべきことを口に出した。

「——そうね。なら、私も手伝うわ」

「ラフィーも……やる」

ヘレナが頷くと、ラフィーも手を挙げた。

「助かる。じゃあその倉庫に案内してくれ」

俺は二人に礼を言って先導を頼むが、ヘレナはドックの扉に目を向ける。

「その前に、もう少し人手を集めましょう。たぶん授業をサボっている悪い子がいるだろうから、その子にも手伝ってもらうことにするわ」

そう言ってヘレナは耳元に手を当てた。そこには探照灯とレーダーを組み合わせた形の髪留めがあり、ヘレナが目を閉じて集中するとレーダーがくるくると回る。

「うん……捕捉したわ。行きましょう」

目を開けたヘレナはドックに並ぶ扉の一つに向かって、迷わず歩き出した。

「誰がどこにいるかとか、ヘレナは分かるのか？」

彼女が何をしたのか分からずに俺は問いかける。

「ええ、ＳＧに聞けばね」

「ＳＧ？」

「レーダーのことよ。私、索敵が得意なの」

ヘレナは少し得意げに微笑み、髪留めを指差した。

「へえ、すごいんだな……」

そういう〝船〟もいるのだなと感心しながら付いて行くと、ヘレナは〝ロング・アイランド〟というプレートが掛かった部屋の前で立ち止まる。

「ロング・アイランド、いるのは分かっているわ。手伝ってほしいことがあるから、すぐに出てきて」

ヘレナが呼びかけると部屋の中からダルそうな声が返ってきた。

「幽霊さんは休暇中なのー。今日は一日中引き籠るって決めてるのー」

「休暇って……任務明けの代休はもう終わってるはずでしょう？　戦術教練、サボったのよね？」

「えー、そうだった？　でも今から行っても大遅刻だし、やっぱり今日はお休みするのー。あ、暇だったら酸素コーラ買ってきてー」

その返答にヘレナは眉をピクリと動かす。

「……買ってきてあげてもいいけれど、その代わり今の姿を指揮官に見られることになるわよ？」

「え――指揮官？　指揮官さんが来てるのー？」

扉の向こうから裏返った声が響いた。

「まあ、まだ見習いだけどな」

「ラフィーもいる」

俺とラフィーが声を出すと、部屋の中が急に静まり返る。

「今日着任予定だって連絡があったでしょう？　あなた、楽しみにしていたじゃない。ドックに引き籠ってばかりいるから曜日感覚が分からなくなるのよ」

ヘレナはやれやれという様子で溜息を吐いた。

そしてしばらく待っていると、部屋の扉が内側から開かれる。

「や、やっほー、ロング・アイランドだよー」

そーっと窺《うかが》うように顔を覗かせたのは、ヘッドホンを頭に着けた長い黒髪の少女。

ぶかぶかの上着を身に着けており、余った袖がダランと垂れていた。上着が大きいので裾が太ももの辺りまであるのだが……その代わりかスカートを穿《は》いていない。

ギリギリ下着は隠れているものの、目のやり場に困る格好だ。

「えっと……よろしく」

俺が返事をすると、少女——ロング・アイランドはすすーっと滑るように近づいてきて、俺の表情を窺う。

「あのー……さっきの会話、聞いてたよねー？　でも、勘違いしないでほしいのー。わたしはいっつもダラダラしてるわけじゃないんだよー？　輸送船の護衛をしたりとかー、わりと働き者なの。引き籠りタイムはご褒美なのー」

長い袖をゆらゆら揺らしながら詰め寄ってくるロング・アイランド。

その圧力に押されつつ、俺は相槌《あいづち》を打つ。

「そ、そうなのか……」

「そうなのー。だから指揮官さんはわたしにどんどん頼っていいの。頼るべきなの。護衛空母の力が必要になったら、いつでも〝艦隊〟に加えてほしいの！」

熱心にアピールしてくるロング・アイランドに俺は戸惑いつつも、ここまで言ってくれるならと口を開いた。

「なら、早速で悪いんだが——倉庫の掃除を手伝ってくれないか？　そこしか俺の部屋がないみたいでさ」

「え……そ、そういうお手伝いなの？」

ロング・アイランドは少したじろぎ、面倒くさそうな表情を浮かべる。

しかし気を取り直すように頭を振り、大きく頷いた。

「ここは頑張りどころなの。ロング・アイランドのコミュ力を全開にする場面なの。任せて、指揮官さん。わたしは快適な部屋を作るプロフェッショナルなの。もう外へ出たくないってぐらい、素敵な部屋にしてみせるよ〜！」

それを聞いたヘレナは呆れた表情で釘《くぎ》を刺す。

「指揮官を引き籠りの道へ引《ひ》き摺《ず》り込まないでね。さあ、掃除道具を持って倉庫に行きましょう」

ヘレナに促されて俺たちは歩き出した。

ドックを出る前に俺は一度並ぶ扉を振り返る。

見たところ、この基地にはまだまだ大勢の〝船〟がいるようだ。

——〝艦隊〟に加えて、か。

ロング・アイランドの言葉を思い出し、俺は少し考える。指揮官という存在は彼女らにとってどういうものなのだろうかと。

俺はラフィーを建造した。だから俺は彼女の指揮官だが、他の〝船〟はバード准将の部下だ。それなのにヘレナやロング・アイランド、サンディエゴも俺を指揮官と呼んでいる。

バード准将は自分を〝本物の指揮官〟ではないと言っていたが……。

「指揮官、早く……行こ」

物思いに沈んでいた俺は、ラフィーに手を引かれて我に返った。

「——ああ」

色々と分からないことは多いが、まだ見習いの俺はまずラフィーの指揮官として認められるようになろう。

そう決めて、俺は止めていた足を踏み出した。

5

ドックを出た俺たちは立ち並ぶ倉庫の間を抜けて、学園施設が集まる区画に戻り、真新しい建物へと案内された。

「ここが寮舎よ。多くの〝船〟がここで生活しているわ。ロング・アイランドみたいに一人が好きな子はドックに残っているけどね」

ここまで俺たちを先導してきたヘレナは、ロング・アイランドの方を見て言う。

「わたしは一人が好きなんじゃなくて、思う存分部屋でゲームがしたいだけなのー。寮舎だと消灯時間があるから、夜更かしできないのー」

ロング・アイランドは長い袖を揺らしながら反論した。

「ラフィーは夜、すぐに眠くなるから……ちょうどいい」

寮舎を見上げて呟くラフィー。

「で、倉庫っていうのはどこにあるんだ？」

俺が周りを見回して問いかけると、ヘレナは建物の裏手に足を向ける。

「こっちよ。元は鳥さんが建築作業中に休憩したり、仮眠したりするための建物だったらしいわ」

ヘレナに続いて寮舎の裏手へ回り込むと、そこには思ったよりしっかりとした作りの小屋があった。

プレハブのようなボロい感じを想像していたので、少しホッとする。

「これなら何とか住めそうだな……」

俺が小さく呟くと、ロング・アイランドは意味ありげな笑みを浮かべた。

「指揮官さん、中を見てもそう言えるかなー？」

ガラガラと扉を開いて、彼女は倉庫の中を俺に見せる。

「う……」

俺は言葉に詰まった。

倉庫の中には用途が分からないガラクタが乱雑に置かれている。とても人が暮らせるスペースなどない。

「重要なものは特に置いていないそうだから、まずはこれを全部運び出して廃棄場へ持っていきましょう」

ヘレナが最初にやるべきことを口にする。

そうして俺の生活場所を確保するための大掃除が始まった――。


「艦載機さん、お願いなのー」

ロング・アイランドの指示で、大きなダンボール箱を吊《つ》り下《さ》げた飛行機が飛んで行く。

まるで模型のような――手で抱えられるほど小さな機体なのに、信じられない馬力だ。

「ヘレナ……パス」

「ありがとう、ラフィー」

ラフィーとヘレナも、自分の体より体積があるガラクタを軽々と受け渡している。

分かってはいたが、彼女たち〝船〟は見た目通りの〝女の子〟ではないのだと実感した。

けれどだからと言って、自分の部屋の掃除を彼女たちに任せきりにはできない。

俺は運び出された不用品を台車に積み、何度も倉庫と廃棄場を往復する。

その何回目かの往路で、後方からガラガラとやかましい音が聞こえてきた。

「ハロー！　しっきかーん！」

明るい声で挨拶してきたのは、荷物が山積みの台車を軽快に押して走る赤髪の少女。

「サンディエゴ――手伝ってくれるのか？」

驚いて俺が少女の名を口にすると、彼女は笑顔で頷く。

「うん、暇だったし！　ほらほら、廃棄場まで競走だよーっ！」

そう言ってサンディエゴは俺を追い抜いていく。自動車なみの速度だ。

「いや……勝負になるわけないだろ」

俺は地道に台車を押しながら溜息を吐いた。

しばらくするとサンディエゴが空の台車を担いで戻ってくる。彼女にしてみればその方が速いのだろう。

「しっきかーん、ぼやぼやしてると追いつけなくなっちゃうよー！」

得意げにそう言って、彼女は倉庫に戻っていく。

「俺は俺のペースでやるさ」

張り合っても仕方がないので俺は速度を上げず、廃棄場へ向かった。

しばらくすると再びサンディエゴが、台車に荷物を積んでやってくる。

また煽《あお》られるなと内心で嘆息したが、彼女は予想外の反応を示した。

「あれーっ⁉ 指揮官、いつの間に私を追い越したのーっ⁉」

「え？」

「なかなかやるねー！ 私も負けないよーっ！」

呆然とする俺を追い越していくサンディエゴ。

どうやら新たな荷物を運び出している間に、俺が追い越したと思っているらしい。

そしてそれを訂正する間もなく、彼女は走り去り、再び戻ってきて、次にまた同じ誤解を繰り返した。

「…………」

俺はもう、速度を上げ続けるサンディエゴを見送り続けるしかない。

そして一人で〝神速の指揮官〟と勝負を続けたサンディエゴのおかげで、倉庫内の掃除は一時間ほどで終わったのだった。

「うん、お部屋がとってもすっきりしたの！　次は必要な家具を運びこむのー」

余計なものが一切なくなった倉庫を見回して、ロング・アイランドは長い袖を振る。

「家具って……どこにあるの？」

ラフィーが首を傾げると、ヘレナがその疑問に答えた。

「基地の運営に必要な物資とはまた別に、生活雑貨や娯楽品の流通を仕切っている〝船〟がいるのよ。その子のところに行けば大体のものは揃《そろ》うわ。ラフィーの分もそこで見繕いましょう」

「……お花もある？　ラフィー、部屋にお花飾りたい」

「花瓶ならあったはずよ。花は学園の裏に色々と自生していたから、そこで採ってくるのがいいと思うわ」

「わかった……そうする」

ラフィーは頷き、俺の方に視線を向けた。

「お花、指揮官の分も探してくるから」

「いいのか？」

「うん」

「ありがとうな」

礼を言ってラフィーの頭を撫でる。

表情はあまり変わらなかったが、彼女はじっとされるがままになっていた。

「お花が枯れそうになったら、私を呼んでね！　サンディエゴパワーで復活させてあげちゃうから！」

ガラクタの運搬で大活躍したサンディエゴは、疲れた様子もなく明るい声で言う。

「うさんくさいのー」

疑わしそうな眼差しで呟くロング・アイランド。

そうしてガヤガヤと会話しながら、俺たちは移動する。

ヘレナが案内したのは、ビーチの傍にある海の家のような建物だった。看板には大きく〝SHOP〟と書かれているが、張り出されているメニューはかき氷やアイスばかりで少し不安になる。

「明石《あかし》、いるかしら？」

コンコンとショップ——というか売店の窓を叩くヘレナ。

「いらっしゃいませ、にゃ！」

すると窓の向こうから猫耳の少女が顔を出し、薄い金色の瞳で俺たちを見つめた。

「明石……？　名前からして、ユニオンの〝船〟じゃないよな？」

俺が疑問を小さく呟くと、ロング・アイランドが耳元で囁《ささや》いてくる。

「ルルイエ基地には、ユニオン以外で建造された〝船〟も少しだけいるのー。でも〝船〟

は結局誰に〝指揮〟されるかだから、あんまり気にしなくていいのー」

「そ、そういうものなのか……」

まだあまり〝船〟の事情を知らない俺は、とりあえず納得しておくことにした。

そこでヘレナと話していた小柄な猫耳少女──明石が俺に話しかけてくる。

「あなたが指揮官にゃ？　これからよろしくにゃ！　お得意様になってくれたらサービスしてあげるのにゃ」

「──よろしく。今回は俺と彼女──ラフィーの家具を一通り揃えに来たんだが……」

隣にいたラフィーを紹介しつつ、俺は用件を伝えた。

「了解にゃ！　倉庫にある中古品の基本セットならタダで手配できるにゃ。けどお布団やベッドは新品でいいものを使うのをおススメするにゃ。あとオプションで──」

説明を始める明石だったが、そこでロング・アイランドが素早く割り込んでくる。

「指揮官さん、ここはわたしに任せてー。テレビとゲーム機、パソコン、ネット環境は必需品なのー」

「いや、俺は基本セットでも……」

「ダメなのー。部屋が寂しいと心まで寂しくなっちゃうんだよ～？　指揮官さんが寂しくならないように、夜中でもわたしとネット対戦ができる環境を整えておくのー」

ロング・アイランドに袖を揺らしながら詰め寄られて、俺は渋々頷いた。

「わ、分かったって……でも最初の給金が振り込まれたばかりだから、予算はあまりないぞ？」

「大丈夫なのー。上手くやりくりするのも、干物生活を送るスキルなのー」

「干物……？」

よく分からずに俺が首を傾げている傍で、ヘレナはラフィーをロング・アイランドから遠ざける。

「ラフィーの家具は私が見繕ってあげるからね。引き籠り生活に溺れてはいけないわ」

「うん……気を付ける」

ラフィーは真面目な顔で頷く。

「部屋に花壇を作ってくれたら、私が毎日埋まりにいってあげるよーっ！」

「そんなことばっかりしてたら土に還《かえ》るぞ……」

サンディエゴの提案は丁重に断りつつ、俺はロング・アイランドが見繕った家具リストにサインをした。

「まいどありだにゃー。これはスタンプカードだにゃー」

ホクホク顔の明石に肉球のスタンプが押されたカードを手渡される。

そして二時間後——俺がこれから生活していくための拠点、指揮官室（仮）が完成したのだった。

6

「おおー……部屋だ……」

俺は搬入作業の終わった部屋を見回して、感動の声を漏らす。

最初の惨状を見ているだけに感慨深い。

本棚や収納、仕事用のデスクは倉庫にあった古いものだが、ベッドは真新しく、シーツの白さが眩《まぶ》しい。

部屋の真ん中には人をダメにしてしまいそうなソファーが置かれ、その前にテレビとゲーム機などがセッティングされている。

デスクに置かれた花瓶に挿してある白い花は、ラフィーが採ってきてくれたものだ。

元が休憩室だっただけあって洗面所とトイレもあり、生活する上での設備は問題ない。

「うん、これならバッチリなのー。いくらでも引き籠っていられそうなのー」

満足そうに袖をパタパタさせるロング・アイランドだが、ヘレナは少し心配そうな表情を浮かべた。

「指揮官、ゲームはほどほどにね。ラフィーのためにも、まずは一人前の指揮官として認められるように頑張ってほしいわ。私も……応援しているから」

じっとヘレナに見つめられて少し顔が熱くなる。

「わ、分かった。俺は遊ぶためにここへ来たわけじゃない。やるべきことは理解しているつもりだ」

戦う覚悟ができているかと問われれば、自信はない。けれど戦う〝意志〟はある。そうでなければアズールレーンに志願はしない。

俺の〝夢〟は人に話せば笑われるかもしれないものだが……それを実現させる手段の中に〝戦い〟は含まれていた。

そんな会話をしていると、部屋の中に入ったラフィーがぽふんとベッドにダイブする。

「ふかふか……よく眠れそう……というか、眠い……」

うとうとし始めるラフィー。

けれど荷物を両手に抱えて飛びこんできたサンディエゴの声に跳び起きる。

「みんなーっ！　明石から差し入れもらったよーっ！　サービス品だって！　やること終わったならパーティーしよーっ！」

ソファーの前にある丸い机にドサドサとお菓子の袋を置くサンディエゴ。

「パーティーか……」

さきほど釘を刺されたばかりなので、どうしようかとヘレナの顔を窺う。俺の視線に気付いた彼女は苦笑を浮かべ、小さく息を吐いた。

「二人の歓迎会も兼ねてパーティーをするのもいいと思うわ。明日から大変だろうし、今日ぐらいは……ね」

「ありがとう、じゃあ今日はパーッとやるか」

俺はヘレナに礼を言って、明るく皆へ呼びかける。

「あ、それなら皆で遊べるゲームを持ってくるのー。ロング・アイランドのコレクションが火を吹くのー！」

ロング・アイランドは嬉しそうにドックの方へ走っていった。

「じゃあ私は酸素コーラとか持ってくるねーっ！　あ、指揮官用に秘伝冷却水も持ってきてあげるーっ！」

続いてサンディエゴも謎の飲料水の名前を挙げながら外へ出ていく。

「それ、俺が飲めるものなのか……？」

多少の不安を抱えつつも皆の気持ちはありがたく、基地での一日目は和やかに過ぎていった。


「もう限界……指揮官、おやすみ……くぅ……」

そして数時間後、酸素コーラの空き瓶やスナック菓子の袋が散乱する部屋の中、ラフィーがソファーに倒れ込む。

「ラフィーが寝ちゃったから、今日はこれでお開きね」

ヘレナがそれを見て、パーティーの終わりを宣言した。

「えー……指揮官さんともっと遊びたいのー。夜はまだ始まったばかりだよー？」

文句を言うロング・アイランドだが、ヘレナはラフィーを抱きあげつつ首を振る。

「ロング・アイランドに付き合っていたら、指揮官が明日遅刻してしまうわ。ほら、サンディエゴも行くわよ」

勝手に持ちこんだ私物で俺の部屋を飾りつけていたサンディエゴは、少し名残惜しそうにしながらも頷いた。

「まだ途中だけど、今日はこのぐらいかなー！　この辺りにポスター貼ったらもっとイカした感じになると思うから、すっごいの探して来るね！」

白い壁をじっと眺め、うんうんと一人芸術家のような仕草をするサンディエゴ。

明日もまた来るつもりらしいが……まあサンディエゴのセンスは正直言って悪くなかったので、任せてもいいかと頷く。

「分かった。好きにしてくれ。じゃあ皆、おやすみ」

「おやすみなさい」

「おやすみなのー」

「おっやすみーっ！」

寝息を立てるラフィーを抱えたヘレナと、ロング・アイランド、サンディエゴは挨拶をして俺の部屋を出ていった。

すると急に部屋が静かになる。

俺は後片付けをしながら、まだ残っていた秘伝冷却水を飲み干した。

酸素コーラはあまりに刺激が強くて飲めなかったが、秘伝冷却水はスッとする口当たりで意外に美味《おい》しい。

新しい生活に対する漠然とした不安は、いつの間にか遠くなっている。

ヘレナが言っていたように、明日からの教練は色々と大変だろう。

けれど、少なくとも今日はよく眠れそうだった。

幕間《まくあい》1

「ロング・アイランド、サンディエゴ——実は解散する前に頼みたいことがあるんだけど……」

指揮官の部屋を出た直後、ラフィーを抱きかかえたヘレナは躊躇《ためら》いがちに口を開く。

「ヘレナ？　真剣な顔でどうしたのー？」

「もしかしてヘレナの部屋でパーティーの続き？　だったらお菓子を補充してくるよーっ！」

ロング・アイランドは首を傾げ、サンディエゴは話を最後まで聞かずに走り出そうとした。

ヘレナは慌ててサンディエゴを引き留め、用件を口にする。

「そうじゃなくて……えっと、私……ずっと寮舎の部屋を一人で使っていたでしょう？　それで今日、突然ラフィーと一緒に住むことになって……何も準備ができていないのよね」

それを聞いたロング・アイランドは、納得した様子で長い袖を振った。

「あ、だからお布団とか用意するってこと？　それぐらいなら全然大丈夫なの。パパッとやっちゃうのー」

けれどヘレナは首を横に振った。

「あのね……言いづらいんだけど、その前の段階からなのよ」

「前の段階？」

サンディエゴは不思議そうな表情を浮かべたが、ロング・アイランドは何かを悟った様子で恐る恐る問いかけてくる。

「ヘレナの部屋って……今、どんな感じなのー？」

「……ロング・アイランドの部屋と大差ないわ。一人部屋だったから、気が緩んでいたのよ」

重い溜息《ためいき》を吐《つ》くヘレナ。

その様子を見て、ロング・アイランドはそーっと回れ右をした。

「そうなんだ～……じゃあ幽霊さんはこの辺りでおさらばするの～……」

「待って待って！　お願い、私一人じゃ間に合わないから、片付けを手伝って！　ラフィーが起きた時、みっともないところを見せたくないのよ！」

ヘレナは必死にロング・アイランドの服を摑《つか》んで引き留める。

「ゆ、幽霊さんは幽霊さんだから見えないし触れないのー。さっきあんなに頑張ったのに、またお片付けは嫌なのーっ！」

「今度パンケーキ作って持っていくから！」

その言葉にピタリとロング・アイランドの動きが止まった。

「……何食分？」

「さ、三食分で……」

少し考えてからヘレナは答える。

「――うん、三食分なら丸一日引き籠ってゲームができるの！　仕方がないから手伝ってあげるの！」

「パンケーキばっかりだと、栄養が偏るわよ……？」

そう呟《つぶや》きつつも、安堵《あんど》した様子でヘレナは胸を撫《な》で下《お》ろした。

「パンケーキを食べられるのなら、サンディエゴも頑張るよーっ！　指揮官の部屋みたいにハイセンスな内装にしてあげるねーっ！」

「ありがとう……でも模様替えはいいわ。片付けてくれるだけでいいからね？」

真剣な表情でヘレナはサンディエゴに言い聞かせる。

「んぅ……」

するとそこで、ヘレナに抱えられて眠るラフィーが身じろぎをした。

それを見て皆はピタリと口を閉じる。

「……片付けは静かにね」

抑えた声でヘレナが言うと、ロング・アイランドとサンディエゴは頷《うなず》いた。

「隠密《おんみつ》任務なのー」

「ゆっくり寝かせてあげようねー」

二人も小さな声で応じ、〝船〟たちが暮らす寮舎へと入っていく。

そして眠るラフィーの傍で彼女らの隠密任務は実行され、約一時間後――ヘレナは協力してくれた二人を見送った。

「ロング・アイランド、サンディエゴ、二人ともありがとう」

疲れた顔で礼を言うヘレナに、ロング・アイランドは親指をグッと立てる。

「任務完了なの。パンケーキ、期待してるからね～」

サンディエゴはまだ元気な様子で明るく手を振った。

「じゃねー！　グッナイ～！」

二人が部屋から去った後、ヘレナはラフィーを新品の布団に寝かせ、彼女の寝顔を見つめて呟く。

「……これで少しは格好が付くかしらね」

苦笑を浮かべたヘレナは、ラフィーの前髪を優しく撫でた。

翌朝――ラフィーはふかふかの真新しい布団の中で目を覚まし、傍で微笑むヘレナを見上げる。

「……おはよう？」

「おはよう、ラフィー。今日からここがあなたの部屋よ」

少し得意げに、ヘレナは綺麗《きれい》に片付いた部屋を披露した――。

第二章　スクールライフ

1

奔《はし》る、奔る、奔る——。
暗い、暗い夜の海を、ただ全力でひた奔る。
闇を裂く光の線。水平線の向こうから現れる巨大な影。
砲撃の轟音《ごうおん》が大気を震わせた。波間に見えた雷跡の先で水柱が立ち昇る。
体が熱い。機関《しんぞう》は既に限界。
けれど止まらない。止まるつもりもない。
〝わたし〟《ラフィー》より何倍も大きな影に自ら突っ込んでいく。
恐れはなかった。目の前にいる敵を倒すことだけが、今のわたしの全て。
他には何もいらない。
余計なものは、奔り始めた時に捨て去っている。
迫る影。
正面衝突寸前の、ギリギリの交差。

すれ違うその僅かな間に、ありったけの攻撃を叩《たた》きこむ。
至近距離での爆発——衝撃。
体が軋《きし》む音を聞きながら、敵の後方へ。
けれどそこは死地。
わたしは包囲されていて、数えきれない砲弾が降り注ぐ。
痛い、熱い、苦しい。
それでもまだ奔る。
体が動く限りは、奔り続ける。
もう一つ見えた大きな影へ向けて、真っ直ぐに——。
……落ちてくる、赤い星を見た。
ドォンッ!!
大きな衝撃が体の深い部分を貫き、全ての感覚が遠くなる。
——これで、終わり。
最後の最後まで恐怖は感じなかった。
後悔もなく、満ち足りたまま、わたしは沈む。
役目は果たしたし、仲間も守れた。
わたしはきっと〝期待〟に応えられた——。

これ以上を望むのは、強欲すぎる。

もう、戦わなくていい。あとは目を閉じて、休むだけでいい。

たぶんここがわたしの〝おしまい〟だとは思うけど。

もし万が一〝続く〟としたら、ちょっとぐーたらするぐらいは許してほしい。

だって——わたしはこんなにも、一生懸命に頑張ったのだから。

2

「ん……」

窓から射し込む朝日に目を細めながら、俺は枕元の時計を確認する。

セットしておいた時間まであと三分。

すっきりとした目覚めであることは喜ばしいが、何かを取り零してしまったような感覚があった。

「まあ……いいか」

気にしても仕方がないだろうと思い、俺はベッドから立ち上がる。

ラフィーはちゃんと起きられただろうか。

洗面所へ向かいながらそんなことを考えて、笑みが漏れた。

――朝起きて最初にラフィーのことが頭に浮かぶなんて、少しは指揮官の自覚が出てきたってことかもしれないな。

たぶん相部屋のヘレナがしっかり面倒を見てくれているはずだが、指揮官として俺が迎えに行った方がいいだろう。

俺はそう決めて、手早く朝の仕度を整えた。

準備を終えた俺は、指揮官室を出て、すぐ傍にある寮舎に入る。

――ジャー。

そこで水音を聞いた俺は、ふとそちらに目を向けた。

入り口のすぐ傍には多くの蛇口が並んだ共同の手洗い場があり――そこで一人の少女が顔を洗っている。

金髪の小柄な少女だ。

「な……」

だが俺は驚きに足を止めた。

何故ならその少女はパジャマ姿で――しかもかなり服装が乱れており、白い右肩が露出している。前を留めるボタンも外れかけていて、今にも胸が見えてしまいそうだ。

「ん……？」

すると少女は俺の気配に気付き、顔を上げた。

そして硬直。

水に濡《ぬ》れたままの顔が、次第に赤く染まっていく。

そして紅潮が限界に達した頃、彼女はすっと息を吸いこみ、寮舎全体に響き渡るような悲鳴を上げた。


——二十分後。

「……指揮官、今度からはみだりに寮舎へ立ち入らないでね。今回みたいに騒動になってしまうわ」

明石《あかし》のショップ近くにある広い食堂で朝食を摂りながら、ヘレナが俺に注意する。

「了解——気を付ける。あそこが〝女子寮〟だってことを分かってなかった」

心の底から自分の行動を反省しつつ、俺は深く頷《うなず》いた。

俺はラフィーを迎えに寮舎へ入ったのだが、そこで寝起きの〝船〟——パジャマ姿の少女に出くわしてしまった。慌てて逃げ出したが寮舎は大騒ぎで、ヘレナたちが取り成してくれなかったら、取り返しのつかない事態になっていただろう。

「指揮官……もしかして、ヘンタイさん？」

魚雷天ぷらを齧《かじ》りながらラフィーが首を傾げる。

「あははははっ！　エロ指揮官だーっ！」

同席していたサンディエゴは楽しげに笑い、まだ眠たそうなロング・アイランドは少し残念そうに呟《つぶや》く。

「面白そうなイベントを見逃がしちゃったー。わたしもキャーキャー言いたかったのー。ドックは快適だけど、こういう時ちょっと損かもしれないの」

皆の言葉に体を小さくしながら、俺は溜息《ためいき》を吐《つ》いた。

「本当に邪《よこしま》な目的で入ったわけじゃないんだ。だから頼むから変な噂《うわさ》は流さないでくれるとありがたい……」

そう頼むと皆は仕方ないという表情で頷いてくれたが、ヘレナは少し不安げな様子で口を開く。

「まあ私はいいんだけど……指揮官が寮舎で出くわした〝船〟って、今日から二人が受ける授業の教師役なのよね」

「え」

俺は思わず言葉を失くした。

「……頑張ってね、指揮官」

苦笑交じりのヘレナに励まされて、ルルイエ基地での生活二日目は始まるのだった。

3

「ここか……」

大講堂の横にある二階建ての校舎――その二階一番端の教室にやってきた俺は、扉の上にある〃2A〃と書かれたプレートを見上げる。

「教室の中、静か」

ラフィーは耳に手を当てて、不思議そうに呟いた。

食堂で話し込んでしまったので時間はギリギリ。同じ授業を受ける者がいれば、既に来ていそうなのだが……。

ちなみにヘレナ、ロング・アイランド、サンディエゴの三人は既にこうした基礎教育は終えているらしく、授業はバラバラだ。この先、専門的な段階に進めば机を並べることもあるそうだが、今は俺とラフィーの二人きり。

「とりあえず入ってみよう」

俺は少し慎重に教室の扉を開け、中に入る。

誰もいないかもと思っていたが、既に二人の〃船〃が席に座っていた。

一人は椅子にあぐらをかいて、窓の外を眺めながらアイスを食べている。もう一人は机に突っ伏し、居眠りをしているようだ。

「お、おはよう。指揮官見習いのケイ・パレスだ」

今朝の失敗もあったので、緊張気味に挨拶をする。

「おはよ……ラフィーはラフィーだよ」

ラフィーも俺の後ろから顔を出し、自己紹介を行った。

するとアイスを食べていた少女がこちらを向き、食べていたアイスから口を離す。

赤と青のゴムで二つに括った明るい色の髪が揺れ、星が三つ連なった髪飾りが窓からの陽光を反射して輝く。

「おはようー。私はグリッドレイ級三番艦のマッコール。普通にマッコールでいいよ。ラフィーとは今朝、寮舎で会ったよね。で、そっちが噂の指揮官さんかー」

興味深そうに俺を眺めまわす少女――マッコール。

その会話に反応してか、机に突っ伏していた少女も顔を上げた。

黒い髪の下から覗《のぞ》いた鳶色《とびいろ》の瞳は、左右で僅かに色と質感が違う。右目の下にある泣きぼくろが、彼女の気怠《けだる》げな印象を強めていた。

「はじめまして……マハン級駆逐艦のカッシンよ。本当はドックに引き籠っていたいんだけど……ペン姉さんがうるさくて……」

そこで力尽きたのか、カッシンは再びバタンと机に突っ伏してしまう。

「ペン姉さん……？」

ラフィーが不思議そうに首を傾げると、マッコールがアイスを舐《な》めながら説明してくれる。

「戦艦ペンシルベニアのことだよ。カッシンがドックに引き籠りがちだったから〝このままじゃロング・アイランドみたいになる〟って、自分の寮部屋に引っ張り込んだの」

「そ、そうなのか……」

俺は苦笑しながら相槌《あいづち》を打った。

どうやらロング・アイランドは皆の反面教師となっているらしい。

「マッコール、ロング・アイランド、ラフィーたちはどこに座ればいい？」

空いた席を見回してラフィーが訊《たず》ねる。

教室は一般的な学校に比べて狭く、席数も少ない。四×四の十六席だ。

「どこでもいいと思うよ。基礎教育を受けてる〝船〟は私たちだけだし」

マッコールがそう言うと、ラフィーは迷いなく窓際一番後ろの席へ向かう。

「ラフィーは……指揮官に隣に座ってほしいって思ってない。うん、多分」

そして隣の席をちらちら見ながら、そんな言葉を口にした。

いまいち意図が読めず、言われた通り離れた席に座ろうとすると、ラフィーから無言のプレッシャーが放たれる。

表情はあまり変わらないが、今のラフィーが少し寂しそうに思えて、俺は彼女の隣に移動した。

「俺はラフィーの隣がいいんだけど、ダメか？」

「……指揮官がどうしてもって言うなら」

ほっとした様子で頷くラフィー。やはりこちらが正解だったらしい。

「ありがとな」

俺は礼を言い、ラフィーの隣の席に腰を下ろす。

——キーンコーンカーンコーン。

そこでちょうど始業のチャイムが鳴った。

教室の扉が開き、出席簿と指示棒を持った小柄な少女が入ってくる。

ツインテールに纏《まと》めた長い金髪を靡《なび》かせ、青い瞳で教室内を見渡した彼女は、俺をキッと見つめてから教壇に立った。

「私はA級実験駆逐艦のアマゾンだ。新入りの〝船〟と、寮舎に侵入した発情ヘンタイ指揮官の基礎教育を担当してやる！　ありがたいと思え！」

「け、今朝は悪かった……ラフィーを迎えに行こうとしただけで、変な意図は全くなかったんだ」

やはり怒っている様子の少女――アマゾンに謝ると、彼女は指示棒を俺に向ける。

「そこ、うるさい！　勝手な発言は認めていないし、謝罪を受け入れるつもりもない！　お、お前にはいずれ――私のパジャマを見た責任を取ってもらう！」

「責任……？　俺は何をすれば……」

「その辺りはまだ考え中だ！　いずれ通達するから、覚悟しておけ！」

そう宣言したアマゾンは他の生徒たちに視線を向けた。

「マッコール！　授業中はアイスを食べるなと何度も言っているだろ！」

「えー、だって暑いし……」

アマゾンに怒られたマッコールはアイスを手放さずに答える。

その返答にアマゾンは青筋を浮かべつつ、カッシンに視線を移した。

「カッシンも寝るな！　始業のチャイムが聞こえなかったのか！」

「……勝手に始めていいよ。ちゃんと聞いてるから」

机に突っ伏したまま返事をするカッシン。

「全くこいつらはいつもいつも……それに新入りのラフィー！　お前もいきなり欠伸《あくび》をするな！　緩んでいるぞ！」

アマゾンは怒りを爆発させて叫ぶ。

隣を見ると、ラフィーが口元も隠さずに小さな欠伸をしていた。

「ふわ……眠いから、仕方ない」

反省の色が見えないラフィーに俺がひやひやしていると、アマゾンは自身を落ち着かせるようにゆっくりと深呼吸をする。

「はぁー……今期のクラスはかつてないほど問題児ばかりだな。言っておくけど、授業をちゃんと聞かなくて苦労するのはお前たちなんだからな！　後で泣くことになっても知らないぞ！」

薄い胸を張ってそう告げたアマゾンは、指示棒を手に俺たちを見回した。

そうして教室が静まり返ったところで、アマゾンは口を開く。

「よし、では一時間目の授業を始める。まずは新入りに合わせて、超基礎的な内容の復習からだ！　マッコール、アズールレーンとは何か、その成り立ちから順に説明してみろ！」

「ええー、面倒くさいなー」

マッコールは文句を言いつつも、口からアイスを離して説明を始めた。

「えっと……もう何十年も前、人間が人間同士で勢力争いをしていた頃に、セイレーンっていう未知の存在が現れたんだよね。セイレーンは船を襲って暴れたから、人間は九十パーセント以上の海域で制海権を失っちゃったわけ」

そこで一旦言葉を切り、アマゾンの方を見るマッコール。

アマゾンはここまでは問題ないという様子で頷き、マッコールは説明を続けた。

「で――追い詰められた人類は、過去のいざこざとかを水に流し、国家の枠を超えた、人類を一団とする軍事連合――〝アズールレーン〟を創設したんだよ。そして私たちみたいな〝船〟を作って、セイレーンの攻勢を食い止めた。だけど……」

「待て、その続きはカッシンが説明しろ」

そこで話を遮ったアマゾンは、カッシンに指示棒を向ける。

カッシンはだるそうに体を起こし、マッコールの話を引き継いだ。

「……だけど、完全にセイレーンを撃退することはできなかったの。それで人間の中で意見が割れた。あくまで人類の力だけで戦おうとする〝ユニオン〟や〝ロイヤル〟と、セイレーンの技術を取り込んで変革を目指す派閥。後者の先鋒《せんぽう》だった〝鉄血《てっけつ》〟はアズールレーンから独立し、〝レッドアクシズ〟を設立。今はそこに〝重桜《じゅうおう》〟も合流しているみたい。目的は同じはずなのに……悲しいね」

最後に自分の意見を述べたカッシンは、重い息を吐いて再び机に突っ伏す。

話を聞いていたアマゾンは大きく頷き、俺の方に視線を向けた。

「うん、おおむね正解だ。ただし〝鉄血〟や〝重桜〟の全てがレッドアクシズに属したわけではない。一部は我々の味方のままであることも忘れないように。まあこの辺りの内容は、アズールレーンに志願した人間ならば知っていて当然のことだろう。そうだな？」

話を振られた俺は、躊躇《ためら》いがちに首を縦に振る。

「ああ——一応は。ただ、俺は〝ユニオン〟の生まれだし、他の派閥については詳しくない。レッドアクシズが独立した理由は、正直知らなかった」

正直に答えると、アマゾンは呆《あき》れた表情を浮かべた。

「全く、頼りない指揮官だ。これは徹底的に基礎から始めた方がよさそうだな。それにお前もだ——ラフィー！」

「……ん？」

窓の外をぼーっと眺めていたラフィーはアマゾンの声を聞いて前を向く。

「どこを見ている。今は授業中だぞ？　話を聞いていたのか？」

「聞いてたような……聞いてなかったような……」

曖昧な返事をするラフィー。

アマゾンはピクリと眉を動かし、何かを言いかけるが——それをぐっと堪えて俺に視線を戻した。

「おい、指揮官。ラフィーはお前の〝船〟だ。私はもうこれ以上何も言わないからな。お前がちゃんと指導——いや、〝指揮〟をしろ。私は助けてあげないぞ」

「わ、分かった」

俺はアマゾンの言葉に頷く。

「よろしい。では次に各派閥の政治形態について——」

そして授業は先に進むが、ラフィーはまた窓の向こうに視線を戻していた。彼女の眼差しの先では、海鳥が群れで飛んでいる。

どうやらラフィーはこうした勉強に興味がないらしい。

そんな彼女をどう〝指揮〟するのか——。

指揮官として最初の試練が、思いがけず訪れたようだった。

4

「——では午前の授業はこれで終わりだ。二週間後にテストをするから、板書はきちんと書き写しておけよ」

授業の終わりを告げるチャイムの後、アマゾンはそう言って教室を出ていった。

「アイス……アイス……冷たいアイス……」

するとマッコールがふらふらと立ちあがり、アマゾンの後に続く。

授業中、アイスを全部食べてしまってからはずっとあんな調子で、〝はずれ〟と書かれたアイスの棒を口に咥《くわ》えていた。

——よっぽどアイスが好きなんだな。

そう考えながら彼女を見送り、残りの二人に視線を移す。

ラフィーとカッシンはだるそうな様子で机に突っ伏していた。

「二人ともちゃんとノートは取ってたのか？」

心配になって問いかけるとラフィーは首を横に振る。

「取ってない……でも、聞いてたから大丈夫」

「じゃあ――〝重桜〟の政治形態は？」

大丈夫というなら答えられるだろうと、俺は先ほど習ったばかりのことを試しに出題してみた。

「うん……？」

けれどラフィーはきょとんとした表情で首を傾げる。

「って全然大丈夫じゃないだろ」

俺が肩を落とすと、顔を上げたカッシンが代わりに答えを口にした。

「確か、君主制だったよね」

「あ、カッシンはちゃんと聞いてたのか」

俺が驚いて言うと、カッシンは苦笑交じりに頷く。

「まあね……テストで不合格になって補習を受けるのは……余計に面倒だし」

そう言って立ちあがったカッシンは、教室の入り口へ向かう。

「じゃあ私は、ちょっとドックで休んでくる。昼休みだけはドックに引き籠っても、ペン姉さんに怒られないから……」

「お、おう。ゆっくりしてきてくれ」

切実な表情で呟くカッシンを見送ってから、俺はラフィーに向き直った。

「ノートは後で俺のを写せばいいし、とりあえず昼飯を食べに行くか」

「うん、ご飯待ってた。酸素コーラも飲みたい」

これまでのだるそうな感じから一転、素早く立ちあがるラフィー。

こんな風に授業も積極的に受けてくれたらいいのにと考えながら、俺は歩き出す。

「朝は食堂に行ったから、昼は購買にしてみよう」

「了解……指揮官、場所分かる？」

「ああ、大丈夫だ。ヘレナから聞いてある」

俺が頷くと、ラフィーは隣に並んで服の裾を握った。

こういう時、何となく俺は〝指揮官〟として頼られているような気分になる。

なら──指揮官の俺が授業をちゃんと受けるように命令すれば、ラフィーは従ってくれるのだろうか。

だがそれは最初に行う〝指揮〟として、相応《ふさわ》しくないような気がした。

──理由も聞かずに命令するのは何か違うよな。

そう考え直した俺は、まずラフィーがやる気を見せない理由を確かめることにしたのだった。

「……いらっしゃいませ。妾《わらわ》は陽炎型《かげろう》……不知火型《しらぬい》二番艦、不知火でございます」

購買にやってきた俺たちを出迎えたのは、屋台のようなお店の中にちょこんと座る着物姿の少女——不知火だった。

店の前に置かれたベンチではマッコールが幸せそうにアイスを頬張《ほおば》っている。どうやらここではアイスも売っているらしい。

「ああ、よろしく。俺は——」

「昨日この基地へやって来られた指揮官さま、でございますよね。よろしゅうお願い申し上げます」

ぺこりとお辞儀をすると不知火の頭に着いている長い耳のようなものが揺れる。継ぎはぎだらけで作り物だとすぐに分かるが、たぶんウサギの耳を模したものだろう。

「ウサギ……ラフィーとお揃《そろ》い」

ラフィーは興味深そうに不知火の耳を見つめる。

「……この格好は、〝こすぷれ〟みたいなものでございます」

少し居心地悪そうに不知火はウサギ耳に手を当てた。

「ラフィーのも本物じゃないよ。やっぱりお揃い」

髪留めに手を当てたラフィーは、そう言って自分のウサギ耳を揺らす。

「……そ、そうでございますね」

照れているのか不知火は長い前髪を指で弄《いじ》り、視線を逸らした。

――何となく波長が合いそうな二人だな。

ラフィーのウサギ仲間が増えたことを内心喜びつつ、俺は購買に来た用件を告げる。

「不知火、俺たちは昼飯を買いにきたんだが――ここでは何を売ってるんだ？」

「食べ物ならパンやおにぎり、飲み物は酸素コーラや秘伝冷却水がありますよ。アイスやかき氷なども揃えております」

不知火はメニュー表を取り出して俺に答えた。

見ると焼きそばパンやカレーパン、魚雷サンド、ツナマヨおにぎり、オレンジ味秘伝冷却水など種類も豊富だ。

「すごいな……いったいどこから仕入れてるんだ？」

「この購買で扱っているのは、基本的に〝まんじゅう〟が生産したものやリサイクル品なのでございます。外部の商品も扱う明石の店とは違い、自給自足をしております」

「……まんじゅう？」

明石というのは昨日会ったショップを営んでいる猫耳の〝船〟だが、まんじゅうという名は初耳だった。

するとと不知火はダンボール箱を担いでいた黄色い鳥を指差して言う。

「ああ、まんじゅうというのはこの鳥さんたちのことでございます。饅頭《まんじゅう》のように丸いのでそう呼んでおります」

「ピヨ！」

黄色い鳥は荷物を下ろすと、翼で敬礼してトコトコと去っていった。

「ちなみに……バード准将のことは何て呼んでるんだ？」

そこが気になって問いかけてみる。

「……大まんじゅう」

「マジか」

「いえ、冗談でございます」

表情を変えずに答える不知火。

俺はどこかホッとしつつ、メニュー表を指差した。

「冗談でよかったよ。じゃあ俺は焼きそばパンと、オレンジ味の秘伝冷却水を頼む。ラフィーはどうする？」

「魚雷サンドと、酸素コーラ」

ラフィーが注文すると不知火は手際よく品物を紙袋に入れて渡してくれる。

「まいどありでございます」

「また来るよ」

不知火に手を振って別れ、俺たちはどこか落ち着いて食事ができそうな場所を探す。

そうして辿《たど》り着《つ》いたのは、昨日サンディエゴが埋まっていたビーチ。

パラソルの下には机と椅子が置かれていたので、俺とラフィーはそこで昼食を摂ることにした。

「やっぱこの秘伝冷却水……美味いな」

海風を頬に感じながら、よく冷えたオレンジ味の水を飲む。

「……酸素コーラも最高」

ラフィーはぐびぐびと酸素コーラをラッパ飲みし、ぷはぁーと息を吐いた。

このタイミングかなと思い、俺は何気なくラフィーに問いかける。

「ラフィーはさ、勉強が嫌いなのか？」

「……別に」

魚雷サンドを一口食べてからラフィーは短く答えた。

「じゃあどうして真面目に授業を受けないんだ？」

「それは……何となく、やる気が出ないから。指揮官……もしかして、怒ってる？」

上目遣いで問いかけてきたラフィーに、俺は首を横に振る。

「いや、怒ってないよ。怒る理由がないだろ」

「……ラフィーのせいでアマゾンに怒られてた」

「あれは怒られたんじゃなくて、アドバイスだ。今のままじゃテストで落第して、先に進めないだろうからな」

俺がそう答えると、ラフィーは気まずそうに下を向いた。

「やっぱりラフィー……悪い子？」

「やる気が出ないのは仕方ないし、別に悪くはないよ。ただ、頑張り方は探していかなきゃいけないだろうけどさ」

「頑張り方……？」

ラフィーは顔を上げ、赤い瞳で俺を見つめる。

正しい方法などは分からない。でも、俺が〝どうしてきたか〟は伝えられるはずだ。

「あのな、俺の夢はさ——毎日ダラダラと平穏に過ごすことなんだ」

これまで他人には語ったことのない、自分の本音を俺は話し始めた。

口にすれば笑われるか、あるいは怒られるかもしれない夢。だけどこれは心から願う、本気の目標だ。

「ダラダラ？」

意外そうに瞬《まばた》きをするラフィーに俺は頷く。

「ああ、俺——本当は結構な怠け者なんだよ。勉強は嫌いだし、面倒なことはなるべくパスしたい」

「ラフィーと一緒……」

「だな。でもさ——ダラダラするには金がいるし、そのためには働かなきゃいけない。そしてそもそも今の世界は平穏じゃない」

午前の授業で改めて突きつけられた世界の情勢。

海にはまだセイレーンの脅威が残り、人間は二つの派閥に分かれていがみ合っている。

「——だから〝世界を平和にするために働く〟ってのが今やるべきことだと思ったんだ。アズールレーンの一員になって、家族や〝ユニオン〟を守るために力を尽くせば、俺の夢がちょっと近づく気がしたんだよ」

そこで俺は苦笑してラフィーの頭に手を置いた。

「まさか〝船〟を指揮する立場になるとは思ってなかったけど、自分の選択に後悔はない。ちょっと〝力の尽くし方〟が変わっただけだ。夢のためなら、面倒なことでも〝今〟を頑張れる。ラフィーには何か夢というか……やりたいことはないのか？」

俺の質問を受けたラフィーは、しばらく考えてから口を開く。

「ラフィーは……戦うことなら、得意。戦いならやる気を出せると思う」

「ラフィーは戦いたいってことか？」

「……よく、分からない。でも、さっきの話を聞いて……ラフィーは指揮官の夢を叶《かな》えてあげたいって思った。そのためにラフィーができるのは、戦うことだけだから……」

思いがけない言葉に俺は息を呑《の》んだ。

「ラフィー……」

何と言っていいか分からず、俺はラフィーの赤い瞳を見つめる。

彼女の気持ちは嬉《うれ》しかった。けれどどこか危ういものを感じて、少し不安になる。

「だから、ラフィーも……ちょっとだけ、勉強を頑張ってみる。指揮官に……ラフィーが戦うところ、見せたいから」

けれどラフィーが続けた言葉を聞き、ここは彼女の気持ちをありがたく受け入れようと決めた。

「そう言ってくれて嬉しいよ。じゃあまずは俺のノートを写すところからだな」

「……うん」

こくんと頷くラフィー。

どうやらアマゾンに課された最初の〝指揮〟は、一先《ひとま》ず上手くいったようだ。

——戦うことが得意、か。

ただその言葉が少し引っかかる。

戦うために建造された〝船〟なのだから当然とも言えるのだが——ラフィーの言葉に

は、何か違うニュアンスが含まれているような気がしていた。

5

「――と、このように艤装《ぎそう》を身に着けることで〝船〟は高い戦闘能力を発揮できる。けれど艦種によって扱える装備は異なり、また各々の能力に合わせた選択も重要に――」

気怠い昼下がりの教室にアマゾンの声が響く。

マッコールはアイスを咥え、カッシンは机に突っ伏しながら授業を聞いていた。

そしてやる気を出したラフィーがどうしているかと言えば……。

「……………くぅ」

「ほら、ラフィー。起きろって」

うつらうつらし始めたラフィーの肩をゆすって、彼女の意識を引き戻す。

「指揮官……ありがと」

目を擦りながらラフィーは顔を黒板に向けた。

たとえやる気を出してもラフィーにとって授業が退屈で面倒なものであることは変わらない。その上、昼食後でお腹が膨れているため、自然と睡魔が忍び寄ってくる。

俺も集中していなければちょっと危ないぐらいだ。

そんな俺たちの様子にアマゾンは気付いているはずだが、今度は特に何も言ってくる様子はなかった。

授業を受けようとしている姿勢をラフィーが見せているからだろう。

——ただ、このままだとテストは厳しいかもしれないな。

全力を尽くしても無理な時はある。

これがラフィーの精一杯ならば、授業以外の部分で遅れを取り戻さねばならない。

そう考えて俺が導き出したのは、特に捻りのないまっとうな方法だった。


「……勉強会？」

放課後、一緒に校舎を出たラフィーは、俺の提案に小首を傾げる。

「ああ。結局ノートは全然取れてなかっただろ？　だから放課後は俺のノートを写しつつ、授業の復習をしよう。これを毎日続ければ、テストも何とかなるはずだ」

「毎日、指揮官と……うん、分かった」

何故かちょっと弾んだ声で答えるラフィー。

「よし、じゃあ何かお菓子や飲み物も買っていこう」

頑張りにはご褒美も必要だろうとそう提案した。

「……指揮官、ふとっぱら」

今度は目に見えてご機嫌になり、ラフィーは俺の服を摑《つか》む。

そうして二人で購買に向かうが、何やら港の方が騒がしいことに気付いた。

防波堤の端に〝船〟たちが集まり、港の方に手を振っている。

その中に見知った姿を見つけ、俺は声を掛けた。

「サンディエゴ、どうしたんだ？」

「あ、ハロー指揮官！　おっつかれーっ！　あのねー、エンタープライズの姉貴が任務から帰投したんだよーっ！」

いつものように元気よく答えるサンディエゴ。

「エンタープライズ？」

「この基地で最強の〝船〟――ヨークタウン型の航空母艦だよ！　ほら見て、カッコいいでしょ！」

サンディエゴはそう言って港の方を指差した。

そこにいたのは水面に立つ軍服姿の女性。

彼女は長い銀髪を海風に靡かせながら、出迎えに来た〝船〟たちと何か話をしている。

「やっほーっ！　おっかえりなさいーっ‼」

サンディエゴが大きな声で呼びかけると、エンタープライズはこちらを向いて小さく手を振った。

一瞬、目が合ったような気がしてどきりとする。

けれどエンタープライズはすぐに視線を外し、他の〝船〟に誘導されながらドックの方へ向かっていった。

何となく少し残念な想いを抱くが、そこでもう一人——海の上に立ってこちらを見つめている少女に気付く。

白い服を着た金髪の少女は、俺たちの方を見たまま動かない。

「サンディエゴ、あの子は？」

「ん？　えっと——ああ、護衛駆逐艦のエルドリッジだね！　エンタープライズの姉貴と一緒の任務についてたんだよ。ちょっと不思議な感じの子で、髪を触るとビリビリってするの！」

サンディエゴは身振りを交えながら少女の名を教えてくれた。

「エルドリッジか……」

俺がその名前を呟くと、横から顔を出したラフィーが首を傾げる。

「指揮官のこと……見てる？」

「俺を？」

本当だろうかと、試しに手を振ってみた。

するとエルドリッジはいきなり回れ右をして、エンタープライズの後を追っていく。

「……逃げられた」

「いや、手を振っただけだぞ？」

俺は慌ててラフィーに言い訳をした。

「あははははっ！　エルドリッジは大体いつもあんな感じだよ！　でもたぶん指揮官には興味があるはずだから、見かけた時に話しかければいいよ！」

サンディエゴは面白そうに笑いながら言う。

「そ、そうなのか？」

「うん、絶対！　ただあの二人は忙しいからまたすぐ任務に出ちゃうかもしれないけど——あ、そうだ！　私も任務があったんだったー っ！」

ハッとした顔で叫んだサンディエゴは、ドックの方へと走っていった。

「サンディエゴは相変わらずだな……」

「うん……慌ただしい」

ラフィーも呆れた様子で溜息を吐く。

そして俺たちは互いの顔を見て小さく笑い、購買へと足を向けた。

6

「指揮官……このグラフ、何？」

「あ、項目を書き忘れてたか。それは大戦前と現在の人口比率を陣営ごとに表したグラフで――」

寮舎裏の指揮官室に戻った俺とラフィーは、授業の復習を兼ねた〝勉強会〟を行っていた。

ラフィーは俺のノートを写しながら、時折こうして質問をしてくる。

それはノートだけでは読み取れない部分なので、こうして授業内容を覚えているうちにそこを復習できるのは俺にとってもプラスだった。

そうして昨日はお菓子を広げてパーティーをした机で勉強していると、コンコンとノックの音が響いた。

「入ってくれていいぞ」

「指揮官、失礼するわ――あ、やっぱりこの反応はラフィーだったのね」

部屋に入ってきた青い髪の美しい少女――ヘレナは、髪留め型のレーダーに触れながらほっとした表情を浮かべる。

「……ヘレナ、ラフィーを探してた？」

ノートを写す手を止めたラフィーが問いかけると、ヘレナは頷いた。

「ええ、もうすぐ夕食の時間だから。あと、指揮官にも用事があったし」

「俺に？」

何だろうかと首を傾げると、ヘレナは俺に近づいてきて、じっとこちらを見つめる。

「指揮官、お風呂のことってもう聞いたかしら？　昨日は入った？」

至近距離で問いかけてくるヘレナに、心拍数が急上昇した。

「ふ、風呂？　昨日はパーティーの後、すぐに寝たからシャワーも浴びてなくて……というか、そもそもこの部屋にシャワーがなかったし――」

顔が熱くなるのを自覚しながら言い訳する俺に、ヘレナは苦笑を返す。

「ごめんなさい、やっぱりまだだったのね。昨日は私もそのことに気付かなかったというか――少し浮かれていて、うっかりしていたわ。シャワーがあるのはドックの個室だけだものね」

それを聞いた俺は眉を寄せた。

「あれ？　寮舎には？」

「部屋ごとにはないわ。代わりに寮舎の離れに共同で使える大浴場があるの。指揮官もそこを使ってくれないかしら」

「え……いいのか？」

驚いて聞き返すと、ヘレナは首を縦に振る。

「そのために寮舎の皆と話し合って、時間を調整してきたわ。〝船〟は夜の十時までに入浴を済ませるから、指揮官はその後に大浴場を使ってちょうだい。あ——でも十一時過ぎには鳥さんたちが清掃に来るはずだから、それまでにね」

「——了解、色々とありがとな」

俺が礼を言うとヘレナは少し恥ずかしそうに視線を逸らした。

「別に……〝船〟として当然のことよ。指揮官には、その……なるべく快適に、楽しく毎日を過ごしてほしいから……」

「ヘレナ、顔が赤い」

ラフィーの指摘でさらに顔を紅潮させるヘレナだったが、気を取り直すように頭を振ってから口を開く。

「それで……ラフィーは指揮官の部屋で何をしていたの？」

「——勉強」

「そうなの、偉いわね。じゃあ邪魔したら悪いし、私は先に食堂へ行ってるわ」

そう言ってヘレナは部屋の入り口に向かう。

「ノートの写しはもう終わるし、俺たちもすぐに行くよ」

俺がヘレナの背中へ向けて言うと、彼女は小さく頷いて部屋を出ていった。

「……ラフィーも、同じだから」

するとそこでラフィーがぽつりと呟く。

「何のことだ？」

話の繋《つな》がりが見えずに問いかけると、ラフィーは言葉を補足して言い直した。

「指揮官が、毎日楽しい方がいい。ラフィーが楽しくする」

「——あ、ありがとう」

妙に照れ臭くて上手く言葉が出ず、短く礼だけを返す。

ポンポンと感謝を込めて頭を撫《な》でると、ラフィーは気持ちよさそうに目を細めた。

7

その日の夜十時、俺は大浴場があるという寮舎の離れに向かう。

疲れているので眠気も強かったが、さすがに二日連続で汗を流さないのは少し気持ちが悪い。

「ここか……」

寮舎の一階と渡り廊下で繋がった建物に入ると、そこはすぐに広い脱衣場となっていた。

もう〝船〟の入浴時間は終わっているので、籠は全て空っぽで浴室にも人の気配は感じられない。

今朝の失敗を繰り返さないように誰もいないことを目視でしっかり確認し、服を脱いで浴室に入る。

さすがに大浴場というだけあって、一度に二十人ぐらいは余裕で入れそうな広さだ。

〝ユニオン〟にはあまりこうした公衆浴場はないため、裸で広い空間にいるのが少し居心地悪い。

なので手早く汗を流してから、大きな湯船の端に浸《つ》かった。

「ふぅ……」

いい湯加減だ。力を抜いて手足を伸ばすと、蓄積していた疲労がお湯に溶けていく気がする。

——ついさっきまでラフィーたちもこのお湯に入ってたんだよな。

そう考えると少し落ち着かない気分になるが、そこはなるべく意識しないようにして、湯気が立ち上る天井を見上げた。

ガラララララ——。

だがその時、俺の耳に浴室の扉が開く音が飛びこんでくる。

「え……?」

驚いて視線をそちらに向けると、浴室に入ってきたばかりの二人組と目が合った。

当然ながら二人とも裸。

一人は長い銀髪と薄紫色の瞳を持つ長身の女性。スタイルがとてもよく、立っているだけで芸術的な美しさがある。

彼女は片腕で金髪の小柄な少女を抱いており、俺を見て驚きの表情を浮かべていた。

「おや──これはもしかして、タイミングを間違えてしまったかな。今はあなたの貸し切りだったのだろうか？」

けれど慌てはせず、落ち着いた様子で彼女は問いかけてくる。

「こ、この大浴場は、十時から使っていいって言われていて……今日から──ヘレナがそういう風に調整してくれたらしくて──」

慌てて後ろを向き、しどろもどろに俺は説明した。

「すまない、普段はドック住まいなので知らなかったんだ。今日は任務の疲れを広い湯場で洗い流そうと思ったんだが、失敗してしまったな」

「いや、突然のことだったから知らなくても仕方がないし……俺はもう出るから──」

俺は二人の方を見ないようにしながら湯船を出ようとしたが、そこで待ったが掛かる。

「それはいけない。闖入者《ちんにゅうしゃ》の私たちがあなたの入浴時間を奪ってしまうのは、道理に反している」

「けど、それだと君たちが風呂に入れないだろ？」

「ふふ──あなたは気遣いができる人なのだな。大丈夫だ。私は気にしない。もしあなたが良ければ共に湯場を使わせてほしい」

真摯な声でそう言われると、俺にはもう断る理由がない。

「わ、分かった。俺も気にしないようにするから、使ってくれ」

「……ありがと」

俺がそう言うと、これまで聞こえなかった小さな声が返ってきた。

恐らく銀髪の女性が抱いていた少女の声だろう。

というか——俺はもう既に二人の名前を知っている。

「エンタープライズと、エルドリッジ……だよな？」

二人が汗を流している音を聞きながら、俺は問いかけた。

「おや、もう私たちのことを知ってくれていたのか」

銀髪の女性——航空母艦エンタープライズの意外そうな声が浴室に反響する。

「ああ。夕方に見かけて、サンディエゴに名前を教えてもらった」

「そうか、あの時サンディエゴの近くにあなたもいたのだな」

納得した声でエンタープライズが言うと、護衛駆逐艦エルドリッジの声も続いて聞こえてきた。

「……やっぱり、指揮官だった」

「ん？　エルドリッジは気付いていたのか。それにしてもそうか……あなたは〝指揮官〟

なのだな。聞いてはいたが、間近にすると少し不思議な気分だ」

　エンタープライズの感慨深そうな声に俺は疑問を覚える。

「どういう意味だ？」

「たとえるなら……まどろみの中で、美しい花を見た時のような気持ちといったところだろうか。何か行動を起こせば、全て消えてしまうかのような……そんな不安を私は感じている」

「悪い、よく分からん」

　正直に感想を述べると、笑い声が返って来た。

「はは、当然だな。私も分かっていないのだから。ただ、あなたは特別だよ――間違いなくね。きっと〝船〟には〝人〟が必要なんだろう」

　そこでお湯を流す音が止み、足音が湯船に近づいてくる。

　ちゃぷりと少し離れたところから水音が聞こえた直後、視界の端に白くて長い足が見え、慌てて体の向きを変えた。

「バード准将は、自分が〝本物の指揮官〟じゃないって言ってたが……何か人間じゃなきゃいけない理由があるのか？」

「さあ、そういう難しいことは私も分からないよ。けれど、どうも〝船〟は人を強く意識してしまうようだ。こうして同じ湯船に浸かってみたはいいが、実は少し恥ずかしい。これは初めての感覚だな」

苦笑交じりの言葉に俺は驚き、少し後ろを振り返る。

エンタープライズは俺に白い背中を向けており、彼女に寄りかかるようにして金髪の小柄な少女――エルドリッジが座っていた。

彼女は港の時と同様に俺をじっと見つめていて、正面から目が合ってしまう。

「あぅ……」

エルドリッジが小さく驚きの声を漏らした瞬間、肌にピリピリとした刺激が走る。

見ると彼女の頭からアンテナのように伸びた髪の一房の先端で、バチバチと電光が弾けていた。

その様子に気付いたエンタープライズは肩を揺らして笑う。

「ふふ、どうやらエルドリッジもあなたを意識しているらしい。この子のビリビリは体の凝りによく効くぞ」

「そ、そうなのか」

急いで彼女らに背中を向けて、俺は相槌を打った。

妙にくすぐったい沈黙が落ち、小さな水音だけが時折響く。

のぼせてきたのか、頭がボーッとしてくる。

そろそろ上がろうかと考えた時、エンタープライズの声が耳に届いた。

「私はまた明日から新たな任務に就く。今度はサンディエゴの姉妹艦――アトランタやジュノーと一緒だ。その前にあなたと会えてよかったよ、指揮官」

「まだ、見習いだけどな」

「……今度帰ってくるころにはきっと一人前になっているさ。その時は――いや、そういう約束は止めておこう。きちんと今だけを見つめていなければ幸運が逃げてしまう」

ざぱりと大きな水音が響き、彼女が立ちあがったことを知る。

「一人前の指揮官としてエンタープライズを出迎えられるように頑張るよ」

振り返らないまま俺が言うと、笑みを含んだ声が返ってきた。

「ああ、期待している」

エルドリッジの声も続いて聞こえてくる。

「指揮官……また」

そして二人分の濡れた足音が遠ざかっていき、脱衣所の扉が開閉する音が響いた後、俺は大きく息を吐いた。

「期待、か……」

ラフィーにも言われた言葉だ。

俺は〝指揮官〟として何を求められているのだろう。

のぼせかけた頭で、俺はそれを考えていた。

8

朝は食堂でラフィーやヘレナたちと朝食。そこからアマゾンの授業をマッコールとカッシンと共に受け、昼休みは不知火の購買へ。放課後は指揮官室でラフィーと授業の復習をした後、一緒に夕食を食べる。そして大浴場で一日の疲れを洗い流す——。

新たな場所で始まった〝日常〟は、次第に体へ馴染《なじ》んでいった。

だがテストが近づいたある日の夜、大浴場から帰った俺は、指揮官室の窓から光が漏れていることに気付く。

「あれ——明かりは消したはずなんだが」

首を捻りながら扉を開けた瞬間、待ち構えていたように少女が勢いよく顔を出した。

「うーらーめーしーやー」

「ろ、ロング・アイランド？」

長い袖をぶらぶら揺らしながら詰め寄ってきたのは、護衛空母のロング・アイランドだ。

彼女はまるで本物のゴーストのように、光のない瞳で俺を見据える。

「……指揮官さん、ひどいの……うらめしやーなの」

恨みっぽい口調で訴えかけてくるロング・アイランドに、俺は戸惑いの視線を向けた。

「俺、何かしたか？　そういや最近、朝の食堂で見かけないが……」

朝はラフィー、ヘレナ、サンディエゴ、ロング・アイランドの四人と一緒に食べることが多いのだが、ここ数日彼女は顔を見せていなかった気がする。

「むー！　それも全部、指揮官さんのせいなのー！　こっちに来て！」

怒った顔でロング・アイランドは言い、俺を部屋の中に引《ひ》き摺《ず》り込み、テレビの前に連れて行った。

「ほら、これを見て！　せっかくセッティングしたゲーム機が泣いてるの！」

ロング・アイランドはテレビと接続してあるゲーム機を示して、俺を睨《にら》む。

「……いまいち話が見えないんだが」

彼女が何を怒っているのかよく分からず、俺は眉を寄せた。

すると彼女は我慢できなくなった様子で、長い袖をバタバタしながら叫ぶ。

「指揮官さんはどうしてゲームをしないの⁉　わたし、毎晩指揮官さんがログインするのを待ってたの！　一緒にオンラインプレイをしたかったの！」

ロング・アイランドの言葉を聞き、俺はようやく状況を理解した。

「だ、だから寝不足で、朝起きられなかったのか？」

「そうなの！　それで今日は直接乗り込むことにしたの！」

大きく頷いた彼女は勝手にゲーム機を起動する。

「……悪かった。放課後はラフィーと勉強会をしていて、夜は風呂に入るとすぐ眠くなってさ」

「言い訳はいいの。今までの分、体で払ってもらうの」

そう言ってロング・アイランドはコントローラーを強引に押しつけてきた。

「か、体って……」

「今夜は寝かせないの。明日は日曜日で学園は休みだから、徹夜しても問題ないの」

「マジか……」

いつもの習慣で既に眠気が来ているのだが、断れるような雰囲気ではない。

するとそんな俺を見た彼女は、少し不安そうな表情を浮かべて問いかけてくる。

「だけど、もし本当に嫌だったら……」

その顔を見て、俺は覚悟を決めた。

「いや、時には思いっきり遊んで気分転換するのも大切だ。ゲームに誘ってくれて感謝する。今夜はとことんやろうぜ」

コントローラーを握って俺が言うと、ロング・アイランドは笑顔を浮かべる。

「おー、指揮官さんはゲーマーの素質があるの！　じゃあ早速～……ゲーム、スタート！」

明るい声で長い夜の始まりを告げるロング・アイランド。

実を言うと、俺はまともにゲームを遊んだことがない。

だからこれまで手が出なかったのだが――ロング・アイランドと共に降り立った仮想世界での冒険やハンティングに、俺はすぐにのめり込んでいったのだった。


人の気配を感じて目を覚ますと――こちらをジト目で見下ろすヘレナとラフィーの姿があった。

「あれ……二人とも、どうしたんだ？」

まだ頭が半分眠っていて、いまいち状況が分からない。

確か昨晩はずっとロング・アイランドとゲームをしていて――窓の外が明るくなってきた頃に限界が訪れ、そのままソファーに……。

ぼーっとしたまま残っている記憶を再生する。

部屋の時計を見ると、もう朝食時だ。恐らく寝落ちしてから三時間ほど経っているだろう。

「どうした――って、それは私たちの方が聞きたいわ。指揮官がいつもの時間になっても食堂に来なくて、ラフィーと一緒に様子を見に来てみたら……妙にテンションが高いロング・アイランドが部屋から出てきて――」

そこで顔を赤くし、言葉を呑み込むヘレナ。

「ロング・アイランド……一晩中、指揮官と一緒だったって言ってた。熱く激しい時間を共有できたって、満足そうだった」

ラフィーがヘレナの後を継ぎ、じっと俺を見つめる。

二人がいったい何を誤解しているかに気付き、一気に眠気が吹き飛んだ。

「ち、違う！　変なことはしてないからな！　昨日はずっとロング・アイランドとゲームをしてたんだ」

慌てて事情を説明した俺は、手に持ったままだったコントローラーを見せる。

「ゲーム……」

けれど何故かヘレナは疑わしそうな表情を浮かべた。

するとラフィーがポケットから丸い手鏡を取り出して、俺に突きつける。

「指揮官、ほっぺ」

「頬？」

嫌な予感を抱きながら鏡を覗き込んだ俺は、自分の頬に鮮やかな赤色で唇のマークが描かれているのを見た。

「なっ……こ、これは誤解——いや、ほら、明らかに口紅じゃなくて、何かの塗料だし、たぶんロング・アイランドの悪戯《いたずら》で——」

俺は弁解しながら頬を擦るが、乾いた塗料はなかなか落ちない。

きっと先に寝た俺を見たロング・アイランドが、悪戯心を起こしたのだろう。

「……悪戯、ね。そうだとしても、そんな悪戯をされる時点で色々と問題があるような気がするけれど」

何か含みのある口調でヘレナは呟き、深々と嘆息した。

「指揮官……もうすぐテストなのに、遊んでいていいの？」

赤い瞳で真っ直ぐに見つめられて、俺はぐっと言葉に詰まる。

「——すまない。息抜きのつもりだったが、さすがに一晩中はやりすぎだった」

「じゃあ……今日も勉強会、してくれる？」

ラフィーの提案に俺は目を丸くした。

「え——勉強、したいのか？　今日は学園が休みだし、復習はしなくてもいいんだぞ？」

彼女が頑張ろうとしてくれているのは理解していたが、根本的に勉強が好きではないので、こんなことを言い出すとは完全に予想外だ。

「えっと……復習じゃなくて、あ——テスト対策……とか？」

少し目を泳がせた後、ラフィーはふと思いついた様子で答える。

「そうだな……やっとくに越したことはないが……」

俺が戸惑っていると、ヘレナが呆れた顔で呟いた。

「指揮官は鈍感ね」

「どういう意味だ？」

「さあ？　とにかく、今日はラフィーの提案に乗って〝二人でずっと一緒に〟テスト勉強をすればいいのよ」

ヘレナが言葉の一部を強調してくれたおかげで、何となく彼女の言いたいことを把握する。

——もしかして、単に一緒にいたいってことなのか？

それがロング・アイランドに対抗してなのかは分からないが、どうであれ最初から断る選択肢はなかった。

「そうだな。じゃあラフィー、今日は夜までみっちりテスト対策だ」

「……うん」

ウサギ耳の飾りを揺らしてラフィーは頷く。

こうして俺の初めての休日は、全て勉強に費やされた。

9

「ついに明日がテスト本番だ。今日の小テストで危なかった者は、一夜漬けでも何でもいいからしっかり勉強しておくんだぞ！　七割取れないと、次に来る〝船〟と一緒にまた同じ授業を受けてもらうからな！　もちろん指揮官もだぞ！」

アマゾンが鋭い声で釘《くぎ》を刺し、教室を出ていく。

彼女が言ったように、ついに明日がテストの日だ。それに備えて、今日は習った全ての範囲の小テストが行われた。

「ラフィー、結果はどうだ？」

隣の席で答案用紙を見つめていたラフィーに問いかけてみる。

「問題ない……八割、取れた」

ちょっと得意げに答案用紙を見せてくるラフィー。

「やったな。毎日勉強会をした成果だ。あとは今回間違えた辺りをおさらいしておけば余裕だろう」

俺はそう言って安堵《あんど》の息を吐くが、そこで前に座るマッコールとカッシンが勢いよく振り向いた。

「勉強会!?　二人とも……そんなことしてたの？」

声を上げたマッコールの口からアイスの棒が落ちる。

「いつの間にか置いて行かれていたみたいだね……」

カッシンは感心した様子でラフィーを眺めた。

「二人とも、小テストの結果が良くなかったのか？」

俺が問いかけてみると、二人は苦笑を浮かべる。

「私、アイスがなくなると集中力が切れちゃうんだよ。だから授業も後半の記憶が曖昧で……小テストは五割しか取れなかった」

マッコールが答えると、カッシンも口を開いた。

「私も似たような感じ。やっぱり……聞いてるだけじゃダメだね。ノートを取ってないから、最初の方の内容を忘れてた」

それを聞いたラフィーは、横から俺の服を引っ張ってくる。

「指揮官……」

——二人も一緒に、勉強会。

何だかラフィーの心の声が聞こえた気がして、俺は笑みを浮かべて頷いた。

「マッコール、カッシン。よければ今日、これから一緒にテスト勉強をしないか？　うろ覚えだったところを重点的に詰め込めば、七割には届くはずだ」

そう提案してみると、二人は目を輝かせる。

「ほんと？　指揮官さん、いい人だねー」

「助かるよ……ぜひ、お願い」

マッコールとカッシンは即答し、急いで帰り支度を始めた。

「指揮官、ラフィーたちも頑張ろ」

ラフィーもやる気を見せて立ちあがる。

「ああ、俺たちは満点を取るつもりで行くぞ」

――何だか急に連帯感が出てきたな。

そんなことを思いながら、俺はラフィーに頷き返した。


「艦隊戦闘時の基本的な陣形って何だったっけ?」

マッコールがアイスを舐めつつ首を捻る。

「……単縦陣と複縦陣、あと輪形陣」

自分のノートを見ながらラフィーが答えると、次はカッシンが口を開いた。

「一番最初の辺りに習った各派閥の政治形態が、結構曖昧になってて……」

「それなら、ここに書いてある」

ラフィーはノートのページをめくって指を差す。

俺は指揮官室に集まって勉強をしている三人の姿を眺め、小さく笑った。

この様子ならマッコールとカッシンはラフィーに任せればよさそうだ。教えることでラフィー自身の復習にもなるだろう。

窓の外はもう暗い。

そろそろ夕食の時間だなと考えたところで、指揮官室にノックの音が響く。

俺が応対に出ると、扉の前には大きな鍋を抱えたヘレナの姿があった。

「指揮官、こんばんは。勉強は捗《はかど》ってる？」

「ああ、順調だけど……その鍋は？」

俺の問いに、ヘレナは少し照れたような笑みを浮かべる。

「ラフィーから今日は皆で勉強会だって聞いて、海軍カレーを作ってきたのよ」

するとヘレナの後ろから、炊飯器を持ったサンディエゴが顔を出した。

「グッドイブニングー！　指揮官、おいしいご飯もあるよーっ！」

「おおー、二人ともありがとう。ちょうど腹が減ってきたところだったんだ」

俺は礼を言って二人を部屋に招き入れる。

「……いい匂い」

カレーの匂いに反応したラフィーが顔を上げ、くーと誰かのお腹が鳴った。

「一旦休憩にして、カレーをご馳走《ちそう》になろう」

俺の提案に反対する者はなく、和やかな夕食が始まる。

「……今まで聞いたことなかったけど、マッコールはどこで建造されたの？」

カッシンがカレーを食べながら話題を振る。

　昼休みはバラバラだったので、そうした話をする機会がもなかったのだろう。

「えっと、確か東海岸のとこだったかな。正直、その時のことはあまり覚えてないけど。カッシンは？」

「私も同じ。建造されてすぐに、ペン姉さんが迎えに来てくれた」

　遠い目をしてカッシンは答えた。

　すると、ラフィーにおかわりをよそっていたヘレナが口を開く。

「ユニオンの〝船〟は大体そこで建造されているわね」

「エンタープライズの姉貴も同じとこだよーっ！　もちろん私も！　ラフィーは？」

　サンディエゴが元気よく相槌を打ち、ラフィーに問いかけた。

「ラフィーはユニオンの基地で、指揮官に建造してもらった」

　俺は彼女たちの会話を聞いて思い出す。ルルイエ基地に所属している〝船〟は、本当の主がいないのだとバード准将は言っていたが……。

「なあ、建造のされ方で何かが変わったりするのか？」

　アマゾンの授業でも習わなかったことなので、この機会に聞いてみることにする。

　ヘレナは少し考えた後、こう答えた。

「基本的には同じよ。ただ、ラフィーの場合は最初から〝絆《きずな》〟を結んだ相手――指揮官がいるでしょ？　そのことは少しだけ羨ましいわね」

どこか寂しそうな顔で俺とラフィーを見るヘレナ。

「……絆?」

ラフィーが不思議そうに首を傾げると、ヘレナは微笑む。

「たとえば、ラフィーと指揮官の間にある〝繋がり〟みたいなものよ。感じたことはない?」

そう問いかけられたが、俺は返答に困ってしまう。

最近ラフィーの考えていることが何となく分かる時があるが、そのことだろうか。

「指揮官との繋がり……絆……」

ラフィーも食事の手を止めて考え込んでいる。

その時、指揮官室の扉がノックもなしに勢いよく開かれた。

「指揮官さん〜!　今日も一緒にゲームしよー!」

長い袖に隠れた手でゲームソフトを持ち、指揮官室に突入してきたのはロング・アイランドだ。

けれど部屋に大勢の〝船〟が集まっているのを見て立ち止まり、さらにヘレナの表情に気付き、顔を引きつらせる。

「ロング・アイランド……指揮官たちは明日テストなのよ?　ゲームに誘うのなら時と場合を選ぶべきじゃないかしら?」

ヘレナの声音には怒りの色が滲《にじ》んでいた。

「あ、あはは……し、知らなかったのー……幽霊さんは退散した方がよさそうなの」

後ずさりして部屋から出ていこうとするロング・アイランド。

それを見たヘレナは溜息を吐き、彼女を引き留める。

「でもせっかくだし、夕ご飯だけは食べていったら？　カレー、結構多めに作り過ぎちゃったから余裕はあるわ」

「ホント！　ヘレナは真面目な委員長タイプだと思ってたけど、意外と融通が利くのー。ちょっとだけ好感度がアップなの！」

嬉しそうにロング・アイランドは袖をパタパタと振った。

「ちょっとだけ、は余計よ」

呆れた表情を隠さず言いながら、ヘレナはロング・アイランドのカレーをよそう。

「不知火から貰《もら》ってきたフクジンナントカもあるよーっ！」

サンディエゴがすかさずカレーのわきに漬物を添えた。

「いただきますなの！」

そうして普段より大所帯になった夕食の時間は過ぎ、その後も勉強をして――万全の態勢で俺たちはテストに臨んだ。

幕間《まくあい》2

「ふー……頑張った後はアイスが食べたくなるよー」

遅くまで続いた勉強会の後、指揮官室を出たマッコールは、アイスの棒を咥《くわ》えながら呟《つぶや》く。

「マッコールは、頑張った後に限らないよね」

カッシンが呆《あき》れた顔で呟くと、ラフィーが会話に加わった。

「でも……確かに頑張って疲れてる時の方がおいしい」

「まあ、それは認める」

ラフィーの言葉に同意するカッシン。

それを聞いたマッコールは、二人の方を見て言う。

「ねえ、これから私の部屋に来る？　アイス、ストックしてあるから――特別に一本ずつあげるよ」

「……いいの？」

「マッコールが他人にアイスを譲るなんて……明日は嵐かな」

ラフィーは目を輝かせながら確認し、カッシンは目を丸くして呟いた。

「人聞き悪いなー。まあ、確かに普段なら絶対にあげたりしないけど……ラフィーとカッシンは、明日同じ戦いに挑む仲間だからね。毎回あげるわけじゃないから、勘違いしないでよ」

ちょっと照れた様子で視線を逸らしながら、マッコールは言う。

「……ツンデレ？」

「まさかマッコールに、そういう属性があったなんて……」

きょとんとするラフィーとカッシンを見て、マッコールはますます顔を赤くした。

「も、もう、そういうこと言うならアイスあげないよ？」

「……ごめん。ラフィー、アイス欲しい」

ラフィーは素直に謝るが、カッシンは少し間を置いてから大浴場の方を指差す。

「ねえ……どうせならお風呂に入ってからにしよう。その方が、もっとアイスがおいしい」

その提案に、ラフィーはポンと手を叩《たた》いた。

「おおー、カッシン……ナイスアイディア」

けれどマッコールは不満げな表情を浮かべる。

「えー……私の体は、今すぐにアイスを求めてるんだけど……」

「我慢に我慢を重ねた最高の一本を……味わいたくない？」

挑発するようにカッシンはマッコールの目をじっと見つめた。

「あーもー、分かったよ。行こ行こ」

諦めた様子で息を吐き、マッコールは大浴場に足を向ける。

三人が脱衣場へ入ると、中はしんとしていた。

「お、もう皆入り終わった後なのかも。私たち三人で貸し切りだー」

マッコールは手早く服を脱いで浴室へ突入。

ラフィーとカッシンも後に続く。

他に誰もいない広い浴室で汗を流してから、三人は並んでお湯に体を沈めた。

「ああ……お風呂に入りながらアイスを食べられたらなー……」

しみじみとマッコールが呟くと、カッシンは苦笑する。

「……やめといた方がいいよ。ペン姉さんに見つかったら、ぶっ飛ばされる」

「ペンシルベニアって……そんなに怖いの?」

ラフィーは好奇心を覗《のぞ》かせて問いかけた。

「普段は厳しいけど、実はお節介で……優しい。でも怒った時は本当に怖いよ」

実感の籠った声でカッシンは答え、逆にラフィーにも質問をする。

「指揮官のことはどう?　怖い時とか、ある?」

「んー……怖いと思ったことは、ないかも」

「じゃあ怒られたことはないんだ?」

カッシンの問いにラフィーは首を縦に振った。

「うん。怒られると思った時も……指揮官は、怒らなかった。代わりにラフィーのお話を聞いて……指揮官のことも話してくれた」

その話を横で聞いてたマッコールは、天井を仰いで言う。

「ふーん、指揮官さんは優しいんだね」

「そう……優しい。でも、怒る理由がある時は、怒る気がする。たぶん」

「指揮官さんはどんなことをしたら怒りそう？」

「分からない……まだ。だから、もっと……」

言葉の途中で、ラフィーは口元までお湯に浸《っ》かった。

そんなラフィーに、カッシンは温かな眼差しを向ける。

「ラフィーは指揮官が大好きなんだね」

「………………」

ぶくぶくと泡を出して、ラフィーは返答を濁らせた。

その様子にマッコールも微笑みながら、口を開く。

「でも指揮官さんって、やっぱり何か特別だよ。一緒にいても全然違和感がないっていうか……同じ教室で授業を受けてても、それが当たり前みたいな感じだったし」

「確かに。普通の〝人〟と何が違うんだろう」

カッシンが相槌《あいづち》を打つと、マッコールは首を捻った。

「さあ……？　ただ、指揮官さんと仲良しなラフィーは何だか羨ましい」

「うん、私もそう思う」

二人に見つめられたラフィーは、顔を赤くしてぽちゃんとお湯に潜る。

そうしてラフィーがのぼせてしまいそうになったところで、三人はお湯から上がり――

マッコールの部屋へ。

三人は涼しいベランダに立ち、星空を見上げながら冷たいアイスを頰張《ほおば》った。

第三章　駆逐艦ラフィー

1

「ではテストの結果を発表するぞ！」

教壇に立つアマゾンが、席に座る俺たちを見渡して告げる。

午前中に行われたテストで力尽き、机に突っ伏していたマッコールとカッシンが、よろよろと体を起こした。

隣に座るラフィーはリラックスした様子で、小さく欠伸《あくび》をしている。恐らく十分な自信があるのだろう。

「結果は……全員合格だ！　よくやった！　褒めてやる！　指揮官……お前のこともちょっとだけ見直したぞ！」

「やったーっ！」

マッコールが喜びの声を上げ、カッシンは安堵《あんど》の息を吐く。

「指揮官……」

ラフィーが片手を挙げ、俺をじっと見つめた。

何を求められているかに気付いた俺は、笑顔を浮かべて彼女とハイタッチを交わす。

「やったな。頑張った成果だ」

「うん」

満足そうに頷《うなず》くラフィー。

アマゾンは喜ぶ俺たちが静まるのを待ってから、話を続けた。

「お前たちはこれから、次の課程に進むことになる。マッコールとカッシンは通常の駆逐艦実習コースだが、ラフィーと指揮官には特別メニューが用意してあるらしい。詳細はこれからバード准将の元へ行き、直接聞くように！」

その言葉に、俺はラフィーと顔を見合わせる。

特別メニューとはいったい何だろうか。

「ラフィー、頑張って。指揮官さんも、またね」

「……お互い頑張ろう」

別の場所へ行くマッコールとカッシンは、教室を出たところで俺たちに手を振る。

「ああ、ありがとう。またな」

「二人とも……応援してる」

俺とラフィーは二人に手を振り返し、別々の方向へ。

アマゾンに指示された通り、大講堂にあるバード准将の執務室へ赴いた。

「――失礼します」

少し緊張して、扉を開く。

「よく来たピヨ。まずは君たちが最初の一歩を踏み出したことを祝福するピヨ」

軍服を着た巨大な黄色い鳥――バード准将は、翼を広げて俺とラフィーを労ってくれる。

「ありがとうございます」

姿勢を正して俺が応じると、バード准将は眼差しを鋭くして言葉を続けた。

「しかしここからが大変だピヨ。次はいよいよ実戦に向けた訓練を行うことになるが、その最後に行う演習試験でケイ少尉の資質が問われることになるピヨ」

「俺の……資質、ですか？」

それはいったい何なのだろうと、俺は躊躇《ためら》いがちに問い返す。

「ああ、それは〝指揮官〟としての資質ピヨ。君にはラフィーを指揮して、とある〝船〟と戦ってもらうピヨ。もしその〝船〟に勝つことができなければ、一般兵に戻ってもらうこともありえるピヨ」

その言葉に俺は息を呑《の》んだ。

想像していた以上に厳しい試練だが、つまりそれだけ〝指揮官〟にとって重要な何かを測るためのものなのだろう。

「指揮官……」

ラフィーが不安そうに俺を見つめてくる。

俺は彼女に「大丈夫だ」と頷き返してから、バード准将に視線を戻した。

ここまでラフィーとやってきたことを無駄にしないためにも、演習試験を乗り越えようと心に決める。

「バード准将。俺は――俺たちは、必ずその試験に合格してみせます」

そう宣言した俺に、バード准将は満足げな笑みを向けた。

「うむ。いい返事ピヨ。では早速、演習試験で君たちが戦うことになる〝船〟を紹介するピヨ。入ってくるピヨー！」

バード准将が大きな声で呼びかけると、執務室の扉が開いて、一人の〝船〟が部屋に入ってくる。

左右で二つに纏《まと》めた長い金髪と、頭の天辺《てっぺん》からぴょんと飛び出した触角のような髪の毛――アホ毛が特徴の小柄な少女だ。

ちなみにアホ毛という言葉は、ロング・アイランドから教わった。以前彼女とゲームをした時、その登場人物の中にこうした髪型のキャラがいたのだ。

金髪少女のアホ毛はアンテナの様にぴょこぴょこ動き、その先端では時折電光が瞬いていた。

「――エルドリッジ」

既に彼女と面識があった俺は、その名前を口にする。

「指揮官……おひさ？」

エルドリッジは小さな声で挨拶すると、とことこ近づいてきて俺の腰にしがみついた。

「お、おい？」

戸惑う俺に構わずエルドリッジは、俺の脇腹に顔を擦りつけてくる。

「また会えて、嬉《うれ》しい」

彼女の感情に連動しているのか、アホ毛の先端でバチバチと電光が弾け、俺の体に電流が走った。

「うおっ……び、ビリビリ来る……」

「っ……指揮官から、離れて」

俺の様子を見たラフィーが、慌てた様子で俺からエルドリッジを引きはがす。

するとエルドリッジは物足りなさそうな表情を俺に向けた。

「指揮官、もっと」

そう言って両手を広げるエルドリッジ。

どうやらまだスキンシップを求めているようだが、ラフィーが間に入って両手を大きく広げる。

「ダメ。指揮官……困ってる」

「む……」

エルドリッジはちょっと不満そうに頬《ほお》を膨らませ、ラフィーに告げた。

「エルドリッジ、強い。指揮官には、エルドリッジの方がいい」

それを聞いたバード准将が、驚いた様子で目を見開く。

「おや、ケイ少尉はずいぶんエルドリッジに気に入られているピヨね。何かあったピヨか？」

するとエルドリッジはこくんと頷いた。

「うん……この前、お風呂で――」

「わーっ⁉　実は以前、帰投した直後のエンタープライズとエルドリッジに偶然会いまして！」

俺は慌てて大声で彼女の言葉を遮り、一気にまくしたてる。

「……お風呂？」

けれどラフィーは訝《いぶか》し気《げ》な顔で俺を見つめた。

「いや、本当に少し話しただけなんだ」

「ふうん……まあ、でもどっちでもいい。何があっても、指揮官は……ラフィーの指揮官だから」

さきほどエルドリッジがしていたように、ラフィーが俺の腰にしがみつく。

そして不満げにしているエルドリッジに宣言した。

「ラフィーは、戦うことなら得意。勉強と違って、戦いなら訓練なんてしなくても平気。今すぐにでもエルドリッジと戦える」

「ちょっ……ラフィー？」

いきなり何を言い出すのかと俺は慌てる。

いくらなんでも、それはあまりに無茶な提案だった。

しかしバード准将は面白そうに笑う。

「あっはっは——自信満々ピヨね。そこまで言うのなら、これから模擬戦をしてみるピヨ。私が許可するピヨ。試験ではないが、もし勝てたら合格にしてやるピヨ」

「ば、バード准将？」

焦る俺だったが、エルドリッジもやる気満々でラフィーと睨《にら》み合《あ》った。

「受けて立つ……エルドリッジの凄さ、指揮官に見せる」

どうやらもうやるしかないらしい。

戦闘指揮に関する基本的な知識はアマゾンから習っている。

あとはそれをいきなりの模擬戦で発揮できるかどうかだ——。

2

バード准将に案内されたのは、これまで訪れたことのない島の裏手。

三日月形の湾内にある〝船〟の演習場だった。

外海へ出る辺りには長い防波堤があり、そこに的のようなものが設置されている。学園がある側とは違って砂浜はなく、岸壁は全て舗装されていた。

今はもう放課後なので、他に〝船〟の姿はない。演習場の横にある倉庫の壁には一週間のスケジュールが記されており、二時間単位で艦種ごとの訓練が行われていることが分かる。

「ここで訓練用の艤装《ぎそう》を身に着けるピヨ。砲弾も魚雷も特別製で、当たってもダメージはないピヨ。魚用の粉末エサで全身が真っ白になるだけピヨ」

バード准将は倉庫の中に俺たちを導き、そこに並ぶ様々な装備を翼で示した。

砲弾はともかく、ダメージのない魚雷というものがどういう仕組みか分からないが、バード准将が言うのなら本当に安全なのだろう。

「じゃあ……ラフィーはこの単装砲と、五連装魚雷で。駆逐艦が相手だし、対空装備はいらない」

ラフィーがほとんど迷わず自分の装備を選択すると、どこからともなく小型の黄色い鳥が集まってきて、艤装のセッティングを手伝い始める。

「エルドリッジも……同じでいい。その方が、分かりやすい」

淡々とした口調でエルドリッジは言い、ラフィーよりも慣れた手際で艤装を身に着けた。

そして準備が終わり、いよいよ湾内の演習場へ。

「ん」

ぴょんと岸壁から海へ飛び降りるラフィー。

けれど艤装を身に着けた彼女の体は、そのまま海中に没することなく、海面上に留まった。

ラフィーが一歩足を進めると、波紋が海面に広がる。まるで海が液体ではなく、弾力のあるゼリー状のものに置き換わっているのではと思える光景だ。

けれど本物の海である証拠に、ラフィーの足元には多くの小魚が集まってきていた。演習でエサが撒《ま》き散《ち》らされることを知っているのだろう。

「指揮官……見てて」

エルドリッジもそう言って海に飛び降りる。気合が入っているせいか、アホ毛だけでなく全身からバチバチと電光が迸《ほとばし》っていた。

「では両者、向こうにある赤と黄色のブイの位置に移動するピヨ。そこが開始位置ピヨ。私が翼を大きく広げたら模擬戦スタートだピヨ」

バード准将の指示に頷いて、ラフィーとエルドリッジは湾の中ほどに向かっていく。

岸壁に残された俺は、少し戸惑ってバード准将に問いかけた。

「あの、俺はどうすればいいんですか?」

「指揮官なのだから、自分の〝船〟を指揮するピヨ。これを使うピヨ」

そう言ってバード准将は真新しいヘッドセットを差し出してくる。

「あ、通信機があるんですね——ってちょっと待ってください。ラフィーにも通信機を渡さないと指示を出せないと思うんですが……」

「指揮官と〝船〟の装備はこれで全部ピヨ。試験はこの状態で受けてもらうピヨ」

焦って訴えた俺に、バード准将は平然と答えた。

「もしかして〝船〟にはこの通信機だけで声が届くんですか?」

ヘッドセットを手に、俺は訊《たず》ねる。

「それは実際に試してみればいいピヨ」

鋭い口調でバード准将は俺を突き放し、両の翼を大きく広げた。

「では——戦闘開始だピヨ‼」

合図と同時にラフィーとエルドリッジが動き出す。

俺は慌ててヘッドセットを身に着けた——。

3

……わたしはラフィー。ベンソン級駆逐艦のラフィー。

倒すべき相手――エルドリッジを前に、わたしは自分の名と役割を確認する。

建造されてから初めて身に着けた艤装は、すぐ体に馴染《なじ》んだ。

腰に固定した機関部も、そこから伸びたアームに取り付けられた単装砲と魚雷発射管も、全て体の一部として捉えることができる。

「やっぱり……ラフィーは戦える」

確信をもってわたしは呟《つぶや》いた。

初めてなのに、初めてじゃない。わたしは戦いを知っている。

時々、夢で見る夜の戦場。

暗い海を駆け、探照灯を頼りに砲弾と魚雷を放ち、水平線の向こうから現れた巨大な船影に向かって突き進む――。

それはわたしに刻まれた〝カンレキ〟としての〝記憶〟。

いつかどこかの、今のラフィーじゃないラフィーが経験した戦い。

その全ては、わたしの体に深く染み込んでいる。だから――。

「絶対に……負けない」

強がりではなく、自信を持って呟いた。

岸壁にいる指揮官の姿は遠い。この距離だと、彼の声は届かないだろう。

でも、ちょうどいいと考える。

一対一で戦って勝てば、エルドリッジの方がいいなんて思わないはず。

先ほど指揮官に抱き着いたエルドリッジの姿を思い出し、胸の奥がモヤモヤした。指揮官がわたしのことを見ていないのが、寂しかった。

……指揮官、ラフィーを見てて。

胸の中で呟き、単装砲の照準を合わせる。

対するエルドリッジは無表情にわたしを見つめていたが、彼女の内面を表すようにバチバチと電光が迸っていた。

そして視界の端で、バード准将が大きく両の翼を広げる。

――開始の合図！

すぐさま単装砲を放ち、水面を蹴って右へ。

エルドリッジも砲撃を行いつつ自分と逆の方へ動いており、互いの航跡を追うようにして水柱が立ち上った。

……外れた。でも――。

ほとんど動作は同じだったが、エルドリッジの回避はギリギリ。それはつまり……。

「エルドリッジ、遅い」

わたしは勝機を見つけて呟く。

艦種は同じだが、エルドリッジの速力は明らかにラフィーよりも劣っていた。

――機関全速。

一気に加速し、わたしはエルドリッジの後ろを取った。

敵、正面。

「発射《ファイア》っ」

まずは魚雷を発射し、その雷跡を追うように砲弾を放つ。

――直撃する。

そう確信した瞬間、バチッと一際強い電光がエルドリッジから迸った。

「え……？」

瞬《まばた》きをしたわたしは呆然《ぼうぜん》とする。

エルドリッジの姿が視界から消えていた。

彼女がいた場所には、虹色の陽炎が漂っているだけ。

誰もいなくなった場所に砲弾が着弾し、魚雷が通過する。

まるで瞬間移動でもしたかのような状況に戸惑って視線を巡らせようとした時、ボンッと体の右側に衝撃を感じ、目の前が真っ白になった。

何が起こったのか分からず立ち尽くしていると、足元にたくさんの魚が集まってくる。

それを見て、わたしは気付いた。

エルドリッジの砲弾を受け、自分が魚のエサ塗《まみ》れになっていることを。

海風に白い煙が流されると、衝撃が来た方向にエルドリッジの姿が現れる。

彼女はわたしに単装砲を向けたまま、小さな声で告げた。

「エルドリッジの……勝ち」

4

「ラフィー！　右だ！」

俺は岸壁からヘッドセットで指示を出すが、ラフィーからの応答はなく——彼女は砲弾の直撃を受ける。

正直、俺には何が起きたのかよく分からなかった。

ラフィーが〝まるで見当違いの方向に〟攻撃をし、その隙に右手に回り込んだエルドリッジの砲撃が当たった……それが今、俺が見た全てだ。

ラフィーの攻撃が下手だったわけではない。

訓練なしでも戦えると豪語していただけあって、ラフィーの動きにはぎこちない部分がほとんどなかった。

だから恐らくエルドリッジが何かをしたのだろうが、この距離では分析も不可能だ。

それに危惧した通り、ヘッドセットは何の役にも立たなかった。

――バード准将はいったいどういうつもりでこんなものを……。

しばらくすると粉末で真っ白に汚れたラフィーと、無傷のエルドリッジが俺とバード准将の元へ戻ってくる。

「ラフィー……」

俺は何を言えばいいのか分からないままヘッドセットを外し、ラフィーを迎えようとするが、彼女は早足で俺の横を通り過ぎ、訓練用の艤装をガシャンと外すと、そのまま勢いよく駆け出した。

「お、おい！」

慌てて呼び留めるが、彼女は倉庫の向こうに姿を消す。

「指揮官……行ってあげて」

するとエルドリッジが近づいてきて、俺を促した。

「エルドリッジ？」

「試験のため……ちょっとだけ、イジワルした。艤装は……お片付け、しておく」

そう言ってエルドリッジはラフィーが外した艤装を抱え上げる。

「もしかして、俺に抱き着いたのは……」

「その方が、やる気が出ると思った。でも、実際やると……恥ずかしい」

ピコピコとアホ毛を揺らしながら、エルドリッジは頬を染めた。

「そうか——敵役を演じてくれてありがとうな。でも、試験本番では絶対に勝つ。今度は俺とラフィーの二人で」

「うん……そうじゃないと、困る。指揮官は、それぐらいできないと……ダメ」

大きく首を縦に振るエルドリッジ。

「バード准将、俺はラフィーを探してきます」

「うむ、この敗北を糧に絆《きずな》を深めるピヨ。それがこの課題をクリアする鍵になるピヨ。今後、他の訓練が行われてない時間は、自由にこの演習場を使っていいピヨ。メニューは自分たちで考えるピヨ。試験本番は二週間後だピヨ！」

バード准将は翼を広げ、俺を送り出す。

——絆？

以前にも聞いたような気がしたが、今はまずラフィーを見つけなければと、俺は彼女の後を追って走り出した。


「ラフィーはどこにいったんだ……？」

学園施設が集まる区画に戻ってきた俺は、噴水の設置された広場を見回す。

こちらの方に来たはずだが、ラフィーの姿はない。

夕陽に照らされた放課後の学園は人気がなく、掃除用具を持った黄色い鳥が敷地を掃除していた。

「なあ、ラフィーを見かけてないか？」

「ピヨ？」

声を掛けてみたが、鳥は心当たりがないようで首を傾げる。

——ってことは寮舎に戻ったのかもな。

そう考えて、足早に寮舎に向かう。

ただ、俺は勝手に寮舎へ入れない。取り次ぎを頼むため、寮舎の前で誰かが通りかかるのを待っていると、中からヘレナが現れた。

「SGに指揮官の反応があったから来てみたけど……どうしたの？」

どうやら俺がここにいると気付いて出てきてくれたようだ。

「ラフィーを探してるんだが、部屋に戻ってないか？」

「まだよ。もしかして、何かあった？」

心配そうな表情を浮かべたヘレナに、俺は状況を短く説明する。

「——って感じで、エルドリッジに負けてさ。そのまま走り去って……」

「そう……バード准将も、なかなか意地が悪いわね。今の指揮官とラフィーじゃ、絶対に勝てないと分かっていたはずなのに」

ヘレナは溜息《ためいき》を吐《つ》き、髪留めのレーダーに指で触れた。

「エルドリッジはそんなに強いのか？」

ごくりと唾を呑み込んで俺は問いかける。

「強いというか……彼女は〝船〟の中でも特殊なのよ。私でも一対一じゃまず勝てないわ。ううん、私は特に――かしら」

「どういう意味だ？」

眉を寄せた俺に、ヘレナは少し迷うような表情を浮かべた。

「教えるのは簡単だけど……そこはまずラフィーと一緒に考えてみるのが先だと思うわ。二人で戦うってそういうものでしょう？」

その言葉に俺はハッとし、頭を掻《か》く。

「――そうだな。悪い、今の質問はなしだ」

「分かったわ。でも情報収集をするのは正しい方法だと思うから、行き詰った時はまた相談してね」

「ありがとう、助かるよ。じゃあ、ラフィーを探してくる」

ヘレナのレーダーで探ってもらえばすぐ居所は分かるだろうが、それもあえて聞かないことにした。

たぶん今は、〝俺〟がラフィーを見つけなければならない場面なのだ。

「ええ――頑張ってね。指揮官とラフィーの間には絆があるから、絶対に見つかると思うわ。心の中であの子のことを呼んであげて」

ヘレナはこちらの気持ちを察した様子で、にこやかに俺を送り出す。

――また〝絆〟か。

再び走りだしながら、ヘレナの言うように心の中でラフィーを呼んでみた。

『ラフィー……どこにいるんだ？』

当たり前だが、返事などは聞こえない。

けれど何となく引っ張られるような感覚があり、左の方に視線が向く。

夕陽に照らされたドックの屋根が見えた。

――そうだ、ドックなら……！

寮舎だとラフィーはヘレナと同室だが、ドックにはラフィー専用の部屋がある。

そちらに進路を変え、走る速度を上げた。

『ラフィー！』

その間、何度も彼女の名前を胸の内で叫ぶ。

すると引っ張られるような感覚がどんどん強まっていった。

これがバード准将やヘレナの言った〝絆〟なのかは分からない。けれどこの先にラフィーがいると、俺は確信する。

『……指揮官？』

ドックに入った瞬間、微かにラフィーの声が聞こえた気がした。

俺は彼女のネームプレートが掛かった部屋の前に辿《たど》り着《つ》くと、息を整えながら中に声を掛ける。

「っ……はぁっ……ラフィー……いるよな？」

「――――」

部屋の中から返事はないが、ラフィーの存在を強く感じた。引きよせられるような感覚がこれまで以上に強まっている。そしてここに来て、俺はこの感覚が何なのか理解した。

――ラフィーが俺を呼んだんだ。

彼女が求めたからこそ、俺はこの場所に引きよせられたのだと感じる。だから――。

「入るぞ」

返事を聞かずに扉を開く。鍵は掛かっていなかった。

室内は暗く、物はほとんどない。ラフィー用の艤装と思わしきものが、器具に固定されているだけ。

そんな生活感のない部屋の隅で、ラフィーは膝を抱えて座っている。その体はまだ白く汚れていた。

「…………」

俺は何も言わず、ラフィーの隣に腰を下ろす。

今、無理に話をするつもりはなかった。

会話をしなくとも分かることはある。

ラフィーは俺が想像していた以上に、ショックを受けている。俺はいきなりエルドリッジに挑むのは無謀で、負けても仕方がないと思っていたが——ラフィーはそうではなかったのだ。

こうして体を丸めているラフィーを見て、俺はそれを知った。

どれだけそうしていただろうか。

やがてぽつりとラフィーが言葉を零す。

「指揮官……」

「どうした？」

「ラフィーのこと……嫌いになった？」

「何でだよ。嫌いになるわけないだろ」

俺が苦笑を浮かべて答えると、ラフィーは躊躇いがちに言う。

「だって、ラフィー……勉強、ちゃんとできなくて……指揮官にいっぱい助けてもらった。だからその分、戦いで頑張ろうと思ってた。上手くやれるって……自信あった。でも……そっちもダメだった」

それを聞いて、ラフィーが落ち込んでいる理由を悟った。

ラフィーは戦いに関して、かなりの自信があったのだろう。しかしあっさりとエルドリッジに負けて、自分の支え――〝芯〟にしていた部分が揺らいでしまったのだ。

けれど俺は首を横に振る。

「そんなことはない。ラフィーの動きは、初めてとは思えないぐらいに澱《よど》みがなかった。ラフィーが言ってた通り、基礎的な訓練はいらないレベルだと思う」

開始直後の砲撃や回避機動はとてもスムーズで、非常に〝戦い慣れている〟雰囲気を感じた。

「でも……負けた」

「それは何か理由があるんだろう。あの時、ラフィーはまるで幻でも見ているみたいに見当違いの方向を攻撃していたからな」

俺がそう言うと、ラフィーは驚いた様子で顔を上げる。

「ホント……？　ラフィーには、エルドリッジが突然消えたみたいに見えた。まるで……瞬間移動したみたいに」

「瞬間移動か……俺には、エルドリッジが普通に旋回して、ラフィーの右側に回り込んだように見えたが……」

俺は首を捻りながら答えた。

二人の見ていた光景は、どうして違うのだろう。

「たぶん、指揮官の方が正しい。瞬間移動なんて、いくら〝船〟でも無理だと思う」

そう呟いたラフィーはハッとした顔で俺を見つめる。

「じゃあ──指揮官がエルドリッジの居場所を教えてくれたら、勝てるかも?」

それを聞き、俺はポンと手を打った。

「確かに……〝指揮〟が勝つために必要なのだとしたら、俺たち二人の試験だってことにも納得できる。ただ、あの時もこの通信機で〝右だ〟って叫んでたんだが──ラフィーには聞こえてなかったよな?」

手に持ったままだったヘッドセットを示して問いかけると、ラフィーはこくんと頷く。

「うん……」

「だよな。これが役に立たないのなら、他の伝達手段を探すところから始めてみよう」

気合を入れ直す俺を、ラフィーはきょとんと見つめた。

「始める?」

「ああ、エルドリッジに勝つための第一歩だ。明日から忙しくなるぞ? 空いてる時間は演習場でずっと一緒に特訓するからな」

俺はそう宣言する。

するとラフィーの顔にだんだんと生気が戻ってきた。

「指揮官は……まだラフィーに期待してる？」

「もちろんだ」

迷いなく断言すると、ラフィーは唇をぐっと噛《か》んでから、大きく首を縦に振る。

「分かった……指揮官と一緒に、頑張る」

「よし、じゃあ今日はゆっくり休んで明日からの特訓に備えよう。あ、その前に風呂へ入った方がいいな」

ラフィーの頭についた粉を手で払って、俺は笑う。

だがそこで彼女はぴくんと体を揺らし、俺の袖をぎゅっと掴《つか》んだ。

「なら、行こ」

「え？」

戸惑う俺にラフィーは言う。

「お風呂。エルドリッジとは……入ったんだよね？」

5

シャー……。

広い浴場に、シャワーの音が響く。

俺の前には、風呂用の椅子に座るラフィー。

彼女は髪を解き、俺に背中を向けていた。

「お湯、熱くないか？」

「うん……ちょうどいい」

頷くラフィーの頭にシャワーを向けて、粉を洗い流していく。

お互い体にタオルは巻いているが、髪の隙間から覗《のぞ》く白いうなじと華奢《きゃしゃ》な肩に心拍数が上がってしまう。

今は俺の入浴時間なので、他に〝船〟はいない。

これだけ広い場所に二人きりだと、色々な意味で落ち着かなかった。

――っていうか、ヘレナにはバレてるかもな。

彼女はレーダーで俺たちの居所が分かる。この時間になっても寮舎へ戻らないラフィーを探しに来ないのは、俺が先ほど事情を話したからだろう。

今回だけは見逃がしてあげるわ――と苦笑するヘレナの顔が想像できるようだった。

「じゃあ髪を洗うぞ」

「ん」

　頷いてラフィーは顔を伏せる。

　ラフィーのふわふわした髪は濡《ぬ》れても軽い。ただ少しだけ癖があるので、指が引っかからないよう気を付けながら、丁寧に洗っていく。

「……指揮官、意外と上手い」

「まあ、色々なバイトをしてたからな」

「美容院？」

「介護関係だよ。前の大戦で人手不足だから、どこに行っても大抵は即採用さ」

　ミドルスクール中に経験した色々なバイトを思い出しつつ、俺は答えた。

「ふうん……他には、何してた？」

「男手が足りてないし、やっぱ力仕事が多かったかな。海岸に流れついた船の解体作業とかは、割が良かった気がする」

「船……？」

　ぴくりと反応したラフィーを見て、俺は慌てて補足する。

「いや、ラフィーたちみたいな〝船〟じゃなくて、普通の船のことだ。セイレーンが出現した頃に沈められた、とんでもない数の船――その部品や船体の一部が、今でも毎日浜へ流れつくんだよ」

「大変そう……」

「まあな。でも時々いいものも拾えるから、一番楽しい仕事だった」

「いいものって？」

「……売るとそれなりの値段になるジャンクや、アクセサリーになりそうな綺麗《きれい》な部品とかだ。ポケットに入るぐらいのサイズなら、現場監督も見逃がしてくれるのさ」

そう答えて、俺はふと思い出す。

「お守り代わりにしてるのが一つあるから、今度見せるよ」

「楽しみ……」

ちょっと弾んだ声でラフィーは呟いた。

そうして髪を洗い終わった後は、二人並んで湯船に浸《つ》かる。

「ごくらくごくらく……」

肩までお湯に浸かったラフィーは耳慣れない単語を口にした。

「何だそれ？」

「重桜《じゅうおう》ではお風呂に入った時、こう言うんだって。不知火《しらぬい》が教えてくれた」

それを聞いた俺は、ラフィーが普段どんな生活をしているのか知りたくなる。

「――皆との生活は楽しいか？」

「うん。すごく」

「最近、何か面白いことあったか？」

「あのね……サンディエゴが、部屋の柱に生えたキノコを育ててたの」

「何かその時点でヤバいな」

不穏な気配に俺は眉を寄せた。

「それで……たった一週間で部屋がキノコだらけになった。胞子もすごくて、吸いこんだ皆が突然笑い出して……」

「──地獄絵図だ」

「最後は皆で笑いながらキノコパーティーをした」

「食べたのかよ」

俺がツッコむとラフィーは真顔で頷く。

「結構、美味《おい》しかった」

「まあそれなら良かったけど」

俺が苦笑交じりに言うとラフィーも笑う。

「うん、よかった。あとは……カッシンの悲鳴が面白い」

「悲鳴？」

「朝ね、カッシンはよくペンシルベニアに怒られてるの。早く起きなさいって。そしたらカッシンが、あうー……布団返してーって」

くすくすと肩を揺らしてラフィーは笑う。

「ペンシルベニア……噂《うわさ》のペン姉さんか。俺はまだちゃんと挨拶してないな」

遠くに見かけることはあったが、まだ直接言葉を交わす機会はなかった。

「ちょっと怖いけど、いい人みたい」

「へえ……」

「あとね、この前マッコールにアイスをもらって——」

ラフィーは楽しそうに話し続けた。

その表情を見るだけで、寮舎の生活を満喫しているのが分かる。

——普段から、もっとこういう普通の話をした方がよかったな。

最近はテスト対策ばかりで、とりとめのない世間話を忘れていた。

次の試験には俺たち二人で挑むのだから、互いのことを理解することが必要だろう。

「……でね、ヘレナが作ったパンケーキがすごくおいしくて——」

いつまで経っても話は尽きず、俺たちはのぼせる寸前まで湯船に浸かり、上がった後は

それぞれ秘伝冷却水と酸素コーラを一気飲みしたのだった。

6

「じゃあまずはオリジナルのジェスチャーを試してみるか。手旗信号とかだと相手にも指示が筒抜けになるからな」

翌日、再び島の裏手の演習場にやってきた俺は、訓練用の艤装を身に着けたラフィーに言う。ちなみに役立たずのヘッドセットも一応は頭に着けておいた。

彼女はもう海面に立っており、少し心配そうに俺を見上げている。

「うん……でもさっきのあれ……指揮官、恥ずかしくない？」

「いや、まあ――遠くから分かるようにするには仕方ないだろ」

視線を逸らしつつ俺は答えた。

一先《ひとま》ずラフィーには基本的な合図を伝えてある。俺の合図で、指示する方向に砲撃するという手筈《てはず》だ。

「分かった。指揮官……頑張って」

ラフィーはぐっと親指を立てると、昨日と同じく戦闘開始位置のブイへ移動する。

そして訓練が始まった。

「右30度！」

俺は体全体を使い、その情報をジェスチャーで伝える。

何も知らずに俺の姿を見たら、奇怪なダンスを踊っているように見えるだろう。けれど恥ずかしがってはいられない。

ラフィーは俺の指示した方に回頭し、その先にある的へ向かって砲撃を行った。

ドンッと重い音が響き、砲弾は直撃。

やはりラフィーの戦闘スキルは相当高い。

その後も、俺はバタバタと動きながら指示を出し続けるが――次第に息切れしてくる。

やばい、体力がもたない。

「――はあ……はあ……」

そしてついに動けなくなってしまった俺を見て、ラフィーが岸壁へ戻ってきた。

「指揮官……大丈夫？」

「あ、ああ……ちょっと……疲れただけだ。それより、やってみた感覚はどうだった？」

ヘッドセットを外し、肩で息をしながら問いかけると、ラフィーは難しい表情を浮かべる。

「ジェスチャーを読み取るには、指揮官の方をじっと見てないといけない。戦闘中だと、たぶん難しい。それに……方角だけじゃなく、距離も分からないと……」

その返事を聞き、俺は溜息を吐いた。

「まあ予想はしてたが、やっぱり使い物にはならないか」

「うん。あと、指揮官の動きが面白くて……笑いそうになった。集中できない」

俺のジェスチャーを思い出したのか、ラフィーは口元に手を当てて、体を揺らす。

「……もう忘れてくれ」

一つ黒歴史を刻んでしまったと、俺は頭を掻いた。

「あ、でも……途中、指揮官の声が聞こえた気がした」

「声？　まあ一応、ジェスチャーをしながら声も出してたが、聞こえる距離じゃないぞ？」

「そうなんだけど……何て言うか、頭の中に直接響くような……昨日もドックにいた時、聞こえた」

それを聞いて俺も思い出す。

「俺もあの時、ラフィーの声が聞こえたと思う。やっぱ気のせいじゃなかったんだな。もしかしてこれが〝絆〟ってやつなのか……？」

「分からない……でも、頭の中でお話しできたら……」

じっと何か言いたげにラフィーは俺を見つめた。

彼女が考えていることは、心の声が聞こえなくとも想像できる。

「この方法で俺が指揮をするってことか。けどこれまで何度か聞こえただけで、全く安定してないぞ？」

いいアイディアだと思いつつも、一番の問題点を考慮しないわけにはいかない。

「じゃあ……練習する？」

「練習方法も分からないが……とりあえずお互いの名前を念じてみるか」

「うん」

俺とラフィーは至近距離で見つめ合う。

『ラフィー……ラフィー……ラフィー……』

昨日のように何度も胸の内で彼女の名を呼ぶ。

ラフィーも眉間の辺りに力を込めて、じっと俺を見つめていた。恐らく強く念じているのだろうが……何も聞こえない。

数分そんな時間が続き、俺たちは大きく息を吐いた。

「ダメだな……これはまず、情報収集をした方がよさそうだ。絆ってのは何なのか、頭の中で会話するのは可能なのか——あとはエルドリッジの能力についても調べてみよう」

「うん……それがいいかも。だけど、誰に聞く？　ラフィー……できればヘレナには、頼らないで頑張りたい。その方が……ヘレナにすごいって褒めてもらえる気がするから」

ラフィーの要望を受け、俺はしばし考える。

「分かった。じゃあ、最初は顔が広そうな〝船〟から当たってみるか」

そして頭の中に思い浮かんだ〝船〟がいる場所へ、俺は足を向けた。


「——それで妾《わらわ》の元に来たのでございますか」

事情を聞いた不知火が、面倒そうな表情で溜息を吐く。

俺とラフィーは不知火のいる購買へやってきていた。まだ午前の授業をやっている時間帯なので他に客はおらず、黄色い鳥たちが店の裏手で搬入作業を行っている。

「ああ、不知火なら毎日色んな〝船〟と顔を合わせてるし、知っていることも多いだろうと思ってさ」

「ラフィーからも……お願い」

俺とラフィーが期待を込めて見つめると、不知火は困った様子で視線を彷徨《さまよ》わせた。

「確かに……先ほど指揮官が挙げた質問には、一応答えることができるのでございます。けれど、それはあくまで人伝《ひとづて》に聞いた話でして……真偽は定かでございません。他の〝船〟に聞いてもそれは同じでございましょう」

「別に正確じゃなくてもいいんだ。そこから何か手がかりが得られるだけでも十分なんだよ」

俺はそう訴えるが、不知火は首を横に振る。

「いいえ、妾の言葉でお二人を惑わせたくありません。その……一応、お得意様……でございますから。なので、明石《あかし》のところへ行ってみることをお勧めいたします」

「明石？」

ショップを営む猫耳少女の顔が脳裏に浮かんだ。

「はい。工作艦の明石はショップの運営だけでなく、〝船〟のメンテナンスも行っているのでございます。この基地にいる誰よりも〝船〟のことをよく知っているはずです」

「そうなのか……分かった、明石のところへ行ってみるよ」

「ご健闘をお祈りするのでございます」

頭に着けたウサギ耳を揺らし、不知火は頭を下げる。

「不知火……ありがと」

ラフィーもウサギ耳の髪飾りをぴょこぴょこ弾ませて礼を言った。

そして俺たちはビーチの傍にある、海の家のような外観の明石のショップへ――。

「いらっしゃいませだにゃ！　あ、指揮官ご無沙汰だったにゃ！　もっと来てくれないと明石は寂しいのにゃ！　スタンプカードのコンプを目指すのだにゃ！」

俺とラフィーが店の前に立つと、すぐさま明石が顔を出す。

外部から仕入れた品を売る明石のショップには時々来ているが、購買に比べると頻度は低い。

「悪い、今度からはなるべく覗きに来るよ。それで今日来たのはさ――」

ここへ来た用件を伝えた俺に、明石はにやりと含みのある笑みを向けた。

「つまり指揮官は……〝情報〟をお求めなのだにゃ？」

それを聞いて俺は目を丸くする。

「まさか、情報屋みたいなこともしてるのか?」

「ふふ——明石のショップでは何でも売っているのにゃ。指揮官が欲しい情報もあるのだにゃ。絆についてはともかく、エルドリッジの能力を正確に説明できるのは明石しかいないのにゃ」

「……高そうだな」

明石の口ぶりに身構えると、彼女は長い袖で口元を隠し、商売人の顔で笑った。

「安心するにゃ。情報の対価は、お金じゃないにゃ」

「余計に不安なんだが」

いったい何を要求されるのかと、俺は明石の表情を窺《うかが》う。

「明石のお願いを聞いてくれたら、情報を教えてあげるのにゃ。お仕事だにゃ。やるかにゃ?」

その提案に俺はラフィーと顔を見合わせ、二人で頷き合ってから明石に向き直った。

「ああ——何をすればいい?」

身構えながら俺は頷き、仕事の内容を問いかける。

明石は服の袖から工具をチラリと覗かせつつ、含みのある笑みを浮かべた。

「指揮官にお願いするのは……〝取り立て〟だにゃ!」

「おーい、ロング・アイランドー。いるかー？」

「ちょっと、用事がある」

ドックに移動してきた俺とラフィーは、ロング・アイランドの部屋の前で呼びかける。

すると部屋の中からバタバタと慌ただしい音が聞こえ、しばらくしてからロング・アイランドが顔を出した。

「指揮官さんがわたしのドックに来るなんて珍しいのー。ラフィーも一緒にどうしたの？」

不思議そうにしているロング・アイランドだが、俺はまず扉の隙間に足を差し込む。

「えっと……指揮官さん？」

何か嫌な予感を覚えたのか、ロング・アイランドは不安そうな表情を浮かべた。

「あのな、ロング・アイランドが明石から借りてるゲーム機の件なんだが――」

「お引き取りくださいなの！」

俺が用件を口にした途端、ロング・アイランドは勢いよく扉を閉めようとするが、俺の足がストッパーになる。

「ラフィー、踏み込むぞ」

「うん、突入ー」

俺の言葉にラフィーが頷き、強引に扉を押し開き、中へとなだれこんだ。

「わーっ⁉　ダメなのーっ！」

ロング・アイランドは慌てて部屋の奥に逃げていく。

彼女の部屋はラフィーのドックとは違い、非常に生活感に溢《あふ》れていた。

シーツが乱れたベッド、脱いだ服が掛けられているソファー、簞笥《たんす》の引き出しは半分開いたままのものが多く、壁にはダンボールが積み上げられている。

ロング・アイランドはテレビとゲーム機の前に移動し、それを守るように腕を広げた。

「お願い、指揮官さん！　もうちょっと待って！　まだこのゲーム、クリアしてないの！」

「そう言われてもな……明石から聞いたけど、それってレンタルなんだろ？　もう期限は過ぎてるって話だし、延滞料と一緒に返さないといけない」

俺は明石に聞いた話を口にする。

明石のショップでは、貴重な品はレンタルで色んな〝船〟に順番に貸し出しているそうだ。ロング・アイランドが借りたゲーム機もその一つらしい。

「むーっ！　指揮官さんはいつの間に明石の仲間になったのーっ⁉」

「ついさっきだ。演習試験をクリアするための情報を教えてもらう代わりに、この仕事を引き受けた」

「えーんっ！　指揮官さんはゲーム仲間だと思ってたのにー！　あの熱い夜を忘れちゃったの？」

涙目で見つめられて、俺は少したじろぐ。

「熱い夜……」

ラフィーが何か言いたげな視線を向けてきて、変な汗も出てきた。

「いや……まあ、少しは可哀想だと思うが……期限は守らなくちゃいけないだろ」

「でもでも、本当にあとちょっとなの！　レトロゲームだから在り得ないほどに難易度が高かったんだけど……やっと突破口が見えてきたところなの！　ここで諦めたらゲーマーの名が廃るの！」

熱く語るロング・アイランドに気圧されて、俺は一歩後ろへ下がる。

「あとどれぐらいでクリアできそうなんだ？」

「指揮官、甘い……まあ、いいけど」

ラフィーが呆《あき》れた様子で溜息を吐き、ロング・アイランドは顔を輝かせた。

「今日中……ううん、日が沈むまでには、きっと何とかなるの！」

「――分かった。じゃあそれまで待つ。後ろで応援してるよ」

仕方ないと俺が譲歩すると、ロング・アイランドは俺に飛びついてくる。

「ありがとうー！　指揮官さん、大好きなのーっ！」

「お、おい、いいから今はまずゲームをやれって」

ロング・アイランドの体温と色々な感触に動揺するが、俺はそれを誤魔化すようにして彼女を促した。

「了解～！　ロング・アイランドさんの本気、見せてあげるからね～！」

上機嫌にテレビの前に座り、コントローラーを握るロング・アイランド。

画面には歴史を感じさせるドット絵のゲーム画面が表示されている。レトロゲームと言っていたが、恐らく相当昔のものなのだろう。

ソファーの後ろから画面を眺めていると、ぽふっと腰の辺りに柔らかな衝撃を感じた。

見下ろせばラフィーが俺に無言でしがみついている。

「ラフィー？」

「……何でもない」

声を掛けると彼女はパッと俺から離れ、ソファーに座った。

俺は何だかよく分からないまま、彼女の隣に腰を下ろし――ロング・アイランドのゲームプレイを応援する。

宣言通り、彼女は夕暮れ前にゲームをクリアし、約束を果たしてみせた。

「ご苦労様だったにゃ！　このゲーム機は次の予約が入ってたから助かったにゃ！」

俺とラフィーがゲーム機を手にショップに戻ると、明石は嬉しそうに労いの言葉を口にする。

「……ここにはロング・アイランドの他にもゲーマーの〝船〟がいるのか？」

ゲーム機を手渡しつつ俺が問うと、明石は首を横に振った。

「ここの基地じゃないにゃ。予約したのは別の基地にいる夕張《ゆうばり》だにゃ。明石のショップは全ての基地と連携しているのにゃ」

「……手広い」

ラフィーが感心した様子で呟く。

恐らくそうした広いネットワークを持っているからこそ、希少な品を取り寄せることができるのだろう。

「じゃあ早速、指揮官が知りたがっていた情報を教えるにゃ。まずは絆のことだったにゃ？」

「──ああ、頼む」

俺が頷くと、明石は身振りを交えて話し始めた。

「絆は、人間と〝船〟の間に生まれる繋《つな》がりのことだにゃ。これが強まるとお互いの気持ちが分かったり、感覚も共有できるのにゃ」

「これまで何度かラフィーの声が頭の中で聞こえたことがあったんだが……絆が強まったら会話もできたりするのか？」

一番気になっていたことを問いかける。

「思念だけでの会話は安定しないのにゃ。でも、それを補助するためにその通信機があるのにゃ」

明石はそう言って俺が首に掛けたままだったヘッドセットを指差した。

「やっぱりこれには何か意味があったのか……この前の模擬戦では、何の役にも立たなかったんだが」

俺はヘッドセットに手を当てて言う。

「それは指揮官専用の、特別な通信機なのにゃ。〝船〟との絆を回線にして、声を届けるのにゃ。セイレーンに傍受される心配のない、完璧な通信手段だにゃ。使えなかったのは、まだお互いの繋がりが弱い証拠だにゃ」

「……つまり絆が強まればこの通信機で会話ができるし、感覚まで共有できるってことなのか」

俺はまじまじとヘッドセットを眺めて呟いた。

「その通りにゃ。そもそも〝指揮官〟が重要視されているのは、それができるからなのにゃ。指揮官と絆を結んだ〝船〟たちが組む艦隊は、あらゆる情報を瞬時に共有し、単艦時とは別次元の動きができるのにゃ。性能で数段勝るセイレーンに対抗できるのは、そうした艦隊だけなのにゃ」

「それが……指揮官の価値……」

俺は驚きつつも、納得する。

これまで疑問だったのだ。指揮官がいなくとも、この基地の〝船〟たちは様々な任務をこなしている。〝本物の指揮官〟がいないからと言って、戦えないわけでもない。司令塔が必要ならば、艦隊の旗艦となった者がやればいい。〝量産型〟の艦船と違い、彼女らには人間と変わらぬ自我があるのだから。

それなのにわざわざ人間の指揮官を据えるのは、絆を介した艦隊運用を行うためだったのだろう。

「そういうことだにゃ。あと、指揮官と絆を深めた〝船〟は何故だか性能も上がるのにゃ」

「……何故だか？」

急に曖昧な表現が出てきて、俺は眉を寄せる。

「理由は分かっていないのにゃ。というか絆についても原理は解明されていないのにゃ。基本的に他の指揮官と〝船〟から得た経験則ばかりなのだにゃ」

「ん？　ちょっと待ってくれ……じゃあ絆を深める方法とかは分からないってことか？」

そこが重要なのにと俺は焦り、明石に問いかけた。

「確立された方法はないにゃ。とにかくお互いに仲良くなれるよう頑張るしかないと思うにゃ」

「仲良くって言われてもな……」

俺は頭を掻いて、隣のラフィーを見る。

すると彼女は俺の服を掴み、こう言った。

「ラフィーは……もう、指揮官と仲良し」

「じゃあもっともっと仲良くなるにゃ」

「……明石なら、どうすれば指揮官と仲良くなれそう？」

ラフィーの質問に、明石は即答する。

「明石ならショップでたくさん買い物をしてくれると嬉しいにゃ！　きっと指揮官のことを大好きになるにゃ！」

キラキラした眼差しを俺に向けてくる明石。

「お、覚えておくよ。まあ要するに人それぞれってことだな。俺たちには俺たちのやり方があるんだろう」

「指揮官……」

俺はそう言ってラフィーの肩に手を置いた。

「たぶんそんなに難しいことじゃないと思うんだ。昨日みたいにお互いのことを色々話していれば、自然に仲良くなれる。俺はそう思う」

「……うん」

ラフィーは肩から力を抜いて頷く。

何をすればいいかは曖昧だが、どうなればいいかは分かった。あとは――。

「明石、最後はエルドリッジの能力について教えてくれ」

「了解にゃ！　エルドリッジは――」

そうして知った彼女の力は、想像以上のものだった。

「――とんでもない能力だったな。ヘレナが一対一じゃ勝てないっていうわけだ」

ショップからの帰り道、俺は眩《まぶ》しい夕陽に目を細めながら呟く。

「うん……指揮官の指揮がないとダメって分かった」

ラフィーは真面目な表情で頷いた。

「エルドリッジが演習相手に選ばれた意味が分かったよ。俺が指揮官として力を発揮できなきゃ、この試験には合格できない。いや……そこがようやくスタート地点なんだ」

「ラフィー……頑張る。毎日、ちゃんと訓練する。能力を突破できても、その後で負けたら意味がないから」

静かに闘志を燃やすラフィーを見て、俺は今後の方針を決めた。

「よし、じゃあ明日からは演習場が使える時間は全部訓練をしよう。心の中での会話を試しながらな。それで他の時間は思いっきり休んで、遊んで、話をする。そうすればたぶん俺たちはもっと仲良くなれる」

「分かった。でも、指揮官……」

首を縦に振りつつも、ラフィーは何か言いたげに俺を見つめる。

「どうした？」

「まだ……お日様、沈んでない。明日からじゃなくて、今日からできる」

確かに日没までにはもう少しだけ猶予があった。

「——そうだな。今日からやるか」

俺は頷き、演習場の方に足を向ける。

「指揮官、走ろ」

「おう」

駆け出したラフィーに俺も続く。

そうして試験合格に向けた特訓は、今この時から始まった。

7

試験まで残り十二日。

朝は俺の日課であるランニングにラフィーが付き合い、一緒に学園の敷地を一周する。

その後はヘレナたちと朝食を食べてから、島の裏手にある演習場へ。

そこでエルドリッジ戦を想定した訓練を行い、他の〝船〟が演習場を使っている間は、ビーチで遊んだり、不知火の購買でアイスを買ってダラダラしたり、明石のショップで世間話をしたりして、ラフィーと一緒に息抜きをした。


試験まで残り九日。

互いの声が届く頻度は増えたような気がするものの、全く安定はしない。

訓練では、マッコールとカッシンがラフィーの相手を務めてくれた。

「私たちも毎日、駆逐艦実習コースで頑張ってるんだからねー。その成果を見せてあげるよ」

マッコールはアイスを咥《くわ》えながら言う。

「順番に相手するから……遠慮なく来て」

カッシンも自信ありげに胸を張った。

「うん……ラフィー、本気で行く」

そう言って応じるラフィー。

二人との初戦は負けたものの、その後は見違えたように動きが良くなり、結果は四勝二敗。

ただし戦闘中に俺の指揮が生かされた場面はなく、多くの課題を残す。


試験まで残り五日。

ここまで長い時間をラフィーと共に過ごしたが、絆を回線とした通信を使《つか》い熟《こな》すには至らず。

するとそれを聞いたロング・アイランドはこう言った。

「お互いのことを理解するなら対戦ゲームが一番だよ〜！　相手の考え方とか癖とか、嫌なところも全部見えてくるの！！」

その提案に乗り、俺とラフィーは指揮官室で丸一日格闘ゲームを遊んだ。

「……指揮官が使ってるキャラ、強い。ちょっとズルい」

「いや、ラフィーの使ってるキャラが、俺のキャラと相性悪いんだよ。他のキャラを使ってみたらどうだ？」

「……ラフィーはこのウサギさんがいい」

ラフィーは今自分が使っている小柄なウサギ耳のキャラを強情に使い続ける。

けれどそのせいでラフィーは連敗。ぷくーっと頬を膨らませてラフィーはジト目で俺を見つめた。

「指揮官がキャラを変えてくれてもいいのに……」

「あえて自分の有利を捨てるような真似はしないさ。俺も本気だしな」

「……指揮官の負けず嫌い」

「お互い様だ」

そんな言い合いをしながら俺たちは対戦を行う。

部屋の空気はどんどん険悪になっていったが、結局どちらも譲ることはなく、ヘレナが夕食に呼びに来るまで戦いは行われた。

結局負け越したラフィーは食事中も不機嫌で一言も喋《しゃべ》らず、俺も慰めの言葉をかけることはせず、間に挟まれたヘレナはあたふたしていた。

絆を深めるという意味では明らかに逆効果だったと思ったが——何故か翌日から思念会話がこれまでよりも安定する。

ロング・アイランドはそれを聞いてこう言った。

「仲良くなるには喧嘩《けんか》するのも大事なんだよ〜！　対戦ゲームはお手軽に喧嘩できる素敵アイテムなの！」

「いや、それはちょっと語弊があるような……」

ツッコみつつも、これまでよりラフィーのことを理解できたのは事実なので強くは言えない。

この日、少しだけ希望が見え始めた。

そして試験まであと三日——。

「ラフィー！　左三十度、距離百五十！」

俺は胸の中で強く念じた言葉を、そのままヘッドセットのマイクに向けて叫ぶ。

『……うん！』

すると俺の命令に従ってラフィーが回頭、指示した距離にある的へ向けて砲撃を放つ。

——命中。

「よし……！」

俺はぐっと拳を握りしめた。

ラフィーも笑顔で俺がいる岸壁に戻ってくる。

「指揮官……今の、ちゃんと聞こえた」

「ああ、俺もラフィーの返事が聞こえたよ。やっぱり念じながら声に出すのがコツだな。それで三回に一回は上手く行くようになった」

全く安定しなかった初期に比べると大きな進歩だ。

「うん……でも、三日後にはもう本番。三回に一回じゃ……不安」

「そうだな。だけど焦っても仕方がないだろ。これまで訓練してきた感覚だと、不安や焦りがあるほど成功率は落ちた。心を落ち着かせて、互いのことに意識を向ける余裕が必要なんだ」

今日までの訓練で得た教訓を俺は口にする。

「分かってる……でも、もっと指揮官と仲良くなるために……やれることがあるような……」

「やれること？」

「まだ、考え中。思いついたら……してもいい？」

「ああ、もちろんだ」

俺は笑顔で頷く。

やれることは全て試せばいい。

そう考えてのことだったが――この時はまだ、ラフィーがあんな行動に出るとは思いもしていなかった。

そして演習試験の前日——。

本番に備えて訓練は早めに切り上げ、風呂へ入った後は夜更かしせずにすぐベッドに横たわる。

コンコン。

だが眠りに落ちる寸前で、部屋にノックの音が響いた。

——またロング・アイランドじゃないよな……？

ゲームの誘いだったら、今日はさすがに断ろうと考えつつ、俺はベッドを出て、玄関の扉に向かう。

——コンコン。

もう一度、控えめなノックの音。

「ああ、今開けるよ」

俺はそう言いながら扉を開け——硬直した。

そこにいたのはピンクのパジャマを着た小柄な少女。

「ラフィー……？」

髪を解いていたせいで少し理解が遅れたが、目の前に立っているのは間違いなくラフィーだ。

大きめの枕を抱えた彼女は、俺を上目遣いで見上げ、もじもじしながら口を開く。

「指揮官……一緒に、ねんねしよ？」

その言葉を聞き、俺は彼女がやってきた目的を知った。

「一緒にって——本気か？」

「うん……寝る時はいつも別々だったけど……今日は一緒がいい。明日は、本番だから」

頷くラフィーだったが、俺が返事に困っているのを見て、不安そうな表情を浮かべる。

「……ダメ？」

「ダメ……じゃないが」

「よかった」

ラフィーは安堵の表情を浮かべると、扉を支える俺の腕を潜って部屋に入ってきた。

そしてそのまま俺のベッドに向かい、ぽすんと枕を置く。

「ヘレナには黙って出てきたのか？」

ラフィーと同室の彼女が心配しないか気になって、俺は問いかけた。

「ううん、ヘレナは知ってる。ラフィー……ヘレナに相談した。まだ、指揮官の声が聞こえない時が多いって。そしたら……今夜は一緒に寝てみたらって勧めてくれた」

「そうか、ヘレナが……」

だとすれば、絆を深める意味でも何か大きな意味があるのかもしれない。

「——分かった。じゃあ寝るか」

あまり意識し過ぎると変なムードになるかもしれないので、俺は気持ちを切り替えて明るく言う。

「うん」

ラフィーは先にベッドに寝転び、隣をポンポン叩《たた》いた。

「狭くて寝苦しいかもしれないぞ?」

俺はそう言って彼女の隣に身を横たえる。

「大丈夫……ヘレナにも、いつもこうやってるから」

ラフィーはそう言うと、俺の腕にぎゅっとしがみつく。

「んなっ……」

パジャマ越しの体温と、髪から漂う甘い香りにどぎまぎしたが、ラフィーがそのまま目を閉じたのを見て、俺は自分に言い聞かせた。

――ラフィーは本当に、ただ一緒に寝に来ただけだ。変に緊張してたら、ラフィーも安心して眠れない。

深い呼吸を繰り返していると、段々と気持ちが落ち着いてきて、ラフィーの体温が心地よいものに変わっていく。

「指揮官……」

目を閉じたまま、ラフィーが囁《ささや》いた。

「何だ？」

「ラフィー……時々、夢を見る。真っ暗な海で、戦う夢……」

「怖い夢だな」

俺が相槌《あいづち》を打つと、ラフィーは小さく首を横に振る。

「ううん……ラフィー、怖くなかった。戦うことだけ――周りにいる影を倒すことしか考えてなかったから。最後は砲弾が直撃して沈むんだけど……それも悲しくなかった」

「そっか、でも――ちょっと寂しいな」

「寂しい……？」

意外そうな声でラフィーは問い返してきた。

「その夢に俺がいないのが、何だか寂しくてさ。もし俺がラフィーの傍にいたなら、せめて〝よく頑張ったな〟って言いたかったな」

「…………」

ラフィーは無言で俺の肩に額を押しつける。

「…………ラフィーも、指揮官がいてくれたらって思った。そしたらあの大きな影にも……」

絞り出すように呟くラフィーだったが、言葉を途中で切って首を振る。

「ううん……今は夢のことより、明日のこと。明日は、指揮官が一緒にいてくれる……だから、絶対に負けない」

「ああ——俺の〝指揮〟で、必ずラフィーを勝利に導いてみせる」

俺は強い覚悟を込めて告げた。

「うん……期待、してる。指揮官も、ラフィーに期待して」

「言われなくとも、期待してるさ」

俺の返事を聞いたラフィーは、小さく息を吐く。俺の腕に抱き付く彼女の体から、少し力が抜けたのを感じた。

「指揮官……おやすみ」

「——おやすみ」

俺たちは挨拶を交わし、互いの体温を感じながら眠りに落ちる。

できれば今日は夢の中でも共にありたいと、胸の内で俺は願った。

＊

わたしは眠る。深く、深く……。

いつもの夢——暗い海の情景は現れず、ただ心地よい温かさに包まれる。

その中で浮かび上がってくるのは、今の〝ラフィー〟が積み重ねてきた日々の断片。

建造されて、初めて見た指揮官の顔。

一緒に船に乗り、言葉を交わして、水平線の向こうから現れた基地の影を見た。

埋まっているサンディエゴを見つけた。大きな鳥さんに驚いた。抱き付いたヘレナはいい匂いがした。ロング・アイランドをドックから連れ出して、一緒に指揮官の部屋を片付けた——。

様々な思い出が溢れ、解け、心地よい温度だけが心に残る。

ふっと青空が見えた。

気付くとわたしは砂浜にいて、ビーチチェアの上で寝転んでいる。

隣には指揮官も寝ていて、空を流れていく雲を眺めていた。

波音を聞きながら、静かな時間を過ごす。

何もしない、何も起こらない、ぼーっとするだけのひと時。

ただ、ダラダラと——。

……ダラダラ？

そこでわたしは思い出す。以前、指揮官が言っていたことを。

『あのな、俺の夢はさ——毎日ダラダラと平穏に過ごすことなんだ』

の夢。

ああ、そうか。

わたしは気付く。

これは過去の記憶ではなく、本物の〝夢〟なのだと。

今を一生懸命に頑張って、いつか勝ち取ろうとしている遠い理想の景色。思い描く未来の夢。

そこに、指揮官がいる。ラフィーと一緒にいる。

それが何だか、すごく嬉しくて……景色が滲《にじ》んだ。

心地よい夢が揺らぎ、薄れていく。

「ん……」

強い眩しさを感じて、目を開くといつもとは違う天井が見えた。

隣にあったはずの体温が感じられずに、顔を動かす。

すると枕元に赤い石に紐《ひも》を通しただけの、簡素なネックレスを発見した。

「──それが前に風呂で話したお守りだ。ほら、船の解体作業中に拾った戦利品があるって言ってただろ？」

死角から声が聞こえ、わたしは驚く。

体を起こすと、クローゼットの近くに軍服を着た指揮官の姿があった。

指揮官はこちらへ近づきベッドに腰かけると、ネックレスを手に取ってわたしに差し出す。

「よければ、ラフィーが持っていてくれ」

「……うん」

わたしは手を伸ばし、そのネックレスを受け取る。

朝陽に照らされた赤い石は、キラキラと眩しく輝いていた。

幕間《まくあい》3

ラフィーを指揮官の元へ送り出した夜、ヘレナは寮舎を出てドックに向かった。

ふらふらとした足取りで進み、とある部屋の前で立ち止まる。

その部屋の上には〝ロング・アイランド〟と書かれたプレートが掛けられていた。

コンコン。

控えめにノックをする。しかし返事はない。

コンコン!

もう一度強めにドアを叩《たた》くと、扉の向こうで物音が聞こえ、扉が内側から開く。

「こんな時間に誰なのー?　って……ヘレナ?」

訪問者の顔を見たロング・アイランドは驚いた表情を浮かべた。

「ロング・アイランド、今日は私が一晩中ゲームに付き合ってあげる」

「ええっ⁉　ど、どういう風の吹きまわしなの⁉」

信じられないという様子のロング・アイランドに構わず、ヘレナは部屋に入り、ゲーム機が置かれたソファに腰を下ろす。

「明日のことが……指揮官とラフィーの試験が心配で眠れないのよ。不合格だったら、指揮官は内地へ送還されるかもって噂《うわさ》だし……もしそんなことになったらラフィーがどれだけ落ち込むか……私だって……」

　深々と嘆息するヘレナ。

　しかしロング・アイランドは困った様子で彼女の前に回り込む。

「えっと……その気持ちはすごーくよく分かるの。わたしも指揮官さんが心配で、ゲームにいまいち集中できなかったの。だから今日は珍しく早めに寝るつもりだったんだけど……」

　暗にお引き取りを願うロング・アイランドだったが、ヘレナは据わった目で彼女を見つめる。

「一人ならそうかもしれないけど、対戦していれば気も紛《まぎ》れるでしょう？　サンディエゴにも声を掛けてきたから、朝まで騒がしく過ごせるわ」

「も、もう外堀を埋められていたの……さすがヘレナなの」

がくりと肩を落とすロング・アイランドだったが、顔を上げるとそこには開き直った笑みが浮かんでいた。

「こうなったらヤケなの！　朝までゲーム三昧なの！」

「明日はそのまま指揮官とラフィーの応援に行くから、力尽きないようにね」

「ハードスケジュールなの!!　でもやってやるの！」

するとそこにサンディエゴがお菓子と飲み物を抱えてやってくる。

「やっほーっ！　サンディエゴの登場だよーっ！　とりあえず食べ物もってきたけど、今日は何するのかなーっ？」

「物資の補給ご苦労なの！　今夜はオールナイトでゲームパーティー！　その勢いのまま指揮官さんとラフィーの応援に駆けつけるよーっ！」

やけくそ気味に叫ぶロング・アイランドに、サンディエゴは元気よく応じた。

「おーっ！　レッツパーリィ‼」

「おー」

控えめにヘレナも手を挙げる。

それを見咎《みとが》めたロング・アイランドは、ヘレナの腕を摑《つか》んで、思いっきり上に突きあげた。

「発起人がそんなテンションじゃダメなの！　もっと元気よく！」

「お、おーっ！」

頰《ほお》を染めつつ、ヘレナは大きな声で叫ぶ。

彼女たちの長い夜は、まだ始まったばかりだった。

第四章　手を繋《つな》ぐように

1

演習試験当日。

俺は島の裏手にある演習場の岸壁で、バード准将と向き合っていた。

「では準備はいいピヨか？」

大きな黄色い鳥の姿をしたバード准将は、鋭い眼差しで俺を見つめる。

「はい、いつでも構いません」

俺はヘッドセットを頭に着け、既に海面へ降りているラフィーに目を向けた。

「うん……ラフィーも準備万端」

以前と同じく模擬戦用の艤装《ぎそう》に単装砲と、五連装魚雷をセッティングしたラフィーは、落ち着いた表情で答え、胸元に手を当てる。

服に隠れているが、そこにあるのは赤い石のネックレス。

ずっとお守り代わりに持っていたものだが、今朝ラフィーの寝顔を見て——何となく渡しておきたくなったのだ。

「うむ、よい返事ピヨ」

俺たちの言葉を聞いたバード准将は深く頷《うなず》き、ラフィーと向き合うように立っているエルドリッジに目を向けた。

「エルドリッジも問題ないピヨね？」

「……問題なし。あと……今日は、前と違って本気。艤装は、エルドリッジ専用。砲弾と魚雷は模擬戦用のだけど」

エルドリッジは頷いて、自分の艤装を示す。

この前の戦いではあえてラフィーと同じ装備を選択していたが、確かに今日は異なる艤装を身に着けていた。

艤装の片側にラフィーのものより口径が小さい単装砲と三連装の魚雷を配置し、もう一方には船の先端を模した形の装備が見える。そこに設置されたいくつもの砲塔がとても不気味だ。

「——ラフィー、気をつけろよ」

『分かってる……油断しない』

ヘッドセットのマイクに囁《ささや》いた声に、ラフィーはすぐ返答した。

昨日一緒に寝たのが功を奏したのか、思念会話は非常に調子がいい。

まだ百パーセントとは言えないが、これなら十分にエルドリッジの能力とも渡り合えるだろう。

「それぞれの開始位置に移動ピヨ！」

　バード准将の言葉でラフィーとエルドリッジが湾の中ほどへ向かう。

　俺もラフィーの後方——エルドリッジの動きが把握しやすい場所へ歩き出すが、そこで聞き覚えのある声が耳に届いた。

「しっきかーんっ！　ラフィーー！　ファイトーっ！」

　振り返ると倉庫の近くで赤髪の少女——サンディエゴがぴょんぴょんと飛び跳ねている。

　その隣にはヘレナやロング・アイランド、マッコールにカッシンの姿もあった。

「頑張ってねーっ！」

「応援してるのーっ！」

「勝ったら、アイスを奢《おご》ってあげるよー」

「……がんばー」

　応援してくれる彼女らに手を振り返し、俺は配置に就く。

　ラフィーも皆に気付いて大きく両手を挙げていた。

　そしてラフィーとエルドリッジが開始位置のブイに辿《たど》り着き、向かい合う。

　ピリッと空気が張りつめ、声援を送っていたヘレナたちも口を噤《つぐ》んだ。

準備が整ったのを確認したバード准将は、黄色い翼を体の前でクロスし、身を屈める。

そして一気に両の翼を広げ、開始の合図を告げた。

「始めるピヨ‼」

2

わたしは深呼吸をしながら、始まりの時を待つ。

『ラフィーはラフィー……指揮官の〝船〟――駆逐艦のラフィー』

この前とは違う。

わたしと指揮官、二人で戦うのだと自分に言い聞かせ、黄色いブイの傍に立つエルドリッジを見据えた。

彼女の周囲には既に激しい電光が瞬いている。

感情の読めない橙色《だいだいいろ》の瞳が、わたしをじっと見つめていた。

――この感じ、分かる。

エルドリッジは本気――全力でわたしを倒しに来る。

彼女の艤装は前回と違う。能力を攻略できても、きっと簡単には勝てない。

でもそれが当たり前。

ここは戦場。
わたしと指揮官、エルドリッジだけの海。
応援に来てくれたヘレナたちのことは、一旦意識の外に置いた。
それでも寂しくはない。
指揮官との繋がりを感じるから。
声はきっと届くから。
「指揮官」
『ラフィー』
赤い石の首飾りに手を当てて、小さな声で呼びかけると、すぐに返事があった。
わたしの名前を優しく呼んでくれた。
ふっと体から余計な緊張が抜け落ちる。意識が澄み渡り、景色が一段階鮮明に見えた。
視界の端で、バード准将が翼を広げる。
――戦闘開始。
「発射《ファイア》っ」
わたしは右に移動しながら、単装砲でエルドリッジを狙う。
エルドリッジも回避機動を行いながら砲撃。
お互いが移動した航跡に沿って水柱が上がった。

ここまでは前回と同じ展開だ。

けれどそこからは以前のようにエルドリッジの背後に回り込もうとはせず、一定の距離を保ちながら砲撃を続ける。

すると痺《しび》れを切らしたのか、エルドリッジは正面から真っ直ぐこちらに突っ込んできた。

わたしはすかさず砲撃と魚雷を放とうとするが――。

『左四十度、距離百五十！』

指揮官の声が聞こえ、すかさず狙いを切り替える。

視線を外した途端、それまでエルドリッジに見えていたモノは虹色の霧になって消え、撃ち放った砲弾の先に、電光を纏《まと》うエルドリッジの姿が現れた。

――これがエルドリッジの能力、レインボー・プラン。

明石《あかし》から聞いた言葉が脳裏を過《よぎ》る。

『エルドリッジは戦闘時に防衛本能が強まると、無意識に強力な磁場を発生させ、〝船〟の知覚を狂わせるのだにゃ。それが〝レインボー・プラン〟。幻を見ていた〝船〟には、まるでエルドリッジが瞬間移動したように感じられるのにゃ』

射程などの制限はあるらしいが、一対一での近接戦では無敵に近い能力だと言っていい。

けれど明石によれば、エルドリッジはその能力を戦術に用いているわけではないらしい。

『ただしレインボー・プランは意識的に使える能力じゃないにゃ。エルドリッジに能力を使っている自覚はなく、本人は普通に戦っているだけなのにゃ』

エルドリッジは幻を〝利用〟しない。つまりそれは彼女が能力に頼っていないことを意味している。

磁場の影響を受けない指揮官の指示でエルドリッジの位置を把握できても、彼女は回避機動を怠らない――。

ドンッ！

わたしの放った砲弾が、大きな水柱を立ち昇らせる。

その影から現れるのは、砲塔をこちらに向けたエルドリッジの姿。

――外した。

『悪い、ラフィー！　エルドリッジの動きを読み間違えた』

「大丈夫、こっちで修正する」

こちらも回避機動を行いながら、誤差を修正して再度砲撃。

けれど水柱に呑《の》まれたエルドリッジは、再び虹色の霧となって消える。

『違う——今度は右三十度！　距離は百！』

指揮官の声にハッとして砲撃。

いつの間にか距離を詰めていたエルドリッジは、慌てた風もなく旋回した。

——今の、危なかった。

ほんの少しこちらの砲撃が遅れていれば、先に撃たれていただろう。

ヒヤリとした危機感が、胸の内に焦りを生む。

『ラフィー……つ……は、左——』

すると先ほどまでクリアに聞こえていた指揮官の声が遠くなっていった。

かろうじて方向は分かるので凌《しの》げているが、距離が聞き取れないため、狙いが定まらない。

「どうして……指揮官……指揮官！」

懸命に叫び、途切れそうな声を繋ぎとめようとする。

指揮官も必死に呼びかけてくれていた。

なのに指揮官の声はどんどん小さく——。

『——だ』

けれど声が途切れかけた時、指揮官の口調が変わる。

『——な——大丈夫だ』

優しい声だった。

言葉の内容を全部は聞き取れなかったけど、とても柔らかな響きだった。

昨夜、ずっと傍に感じていた指揮官の温もりを思い出す。

……うん、そうだった。

「指揮官……ありがと」

強く求める必要なんてない。必死に繋ぎとめなくても大丈夫。

だって指揮官は、すぐ傍にいてくれるから。

だから、わたしはほんのちょっとだけ頑張るだけでいい。

そっと――手を繋ぐように。

「っ……!?」

瞬間、視界が広がった。

今、わたしが見ている景色と、戦場全体を広く見通す視界が重なり合う。

これって……指揮官の！

声だけではなく、彼の視覚情報そのものが流れ込んできたことに気が付いた。

そして同時に左から接近していたエルドリッジの姿と、こちらに迫る雷跡を指揮官の〝目〟で捉える。

『ラフィー！』

頭の中で響く指揮官の声。
「指揮官、もう大丈夫」
わたしは彼に答え、寸前で魚雷を回避する。
それを見たエルドリッジは目を細め、艤装に付いた砲塔を正面ではなく左右に向けた。
ぞくりと背筋が粟立《あわだ》つ。
状況が対等になったここからが――本当の〝戦い〟。
一瞬、夢で見る暗い海の情景が蘇《よみがえ》った。
「――全弾発射」
エルドリッジが小さくそう呟《つぶや》いたのを、口の動きで読み取る。
轟音《ごうおん》と共に放たれた数多の砲弾は、電光を帯びて不気味に輝いていた。
まるで……流星雨。
それらは左右から挟み込むようにしてわたしに向かってくる。
ありえない弾道――。
恐らく強力な磁場で弾道を無理やり捻《ね》じ曲《ま》げているのだろう。
これがエルドリッジの奥の手。逃げ道を塞ぎ、相手を仕留める必殺技。
……あの夢に、似てる。
暗い海で戦った最後も、こんな風だった。

たくさんの砲弾が落ちてきて、赤い星が体を貫く。

そしてわたしは海に沈む……。

『前だ!!』

「っ⁉」

けれど指揮官の声が、竦《すく》んでいたわたしの背を押した。

景色が後ろへ流れる。

気付くとわたしはもう奔《はし》っている。

真っ直ぐ、エルドリッジに向かって――。

逃げ道は確かにない。

けれど弾幕が薄い場所はある。

砲弾は左右から降ってくるのだから、そちらに向かうのは自殺行為。後方では弾着地点から逃げきれず、蜂の巣になる。

ならば活路は前方だけ！

『行け、ラフィーっ!!』

「うん……！」

――昨日、ラフィーは思った。あの夢に指揮官がいてくれたらって。今は……あの夢の中みたいだけど……指揮官がいる。だから――。

自分自身と指揮官の視覚を重ね、命中しそうだった砲弾を最小限の動きで回避。

「機関全速……自己リミッター解除！」

艤装の機関部を全力稼働し、加速。

弾着地点から最速で離脱。

全弾発射を行った直後のエルドリッジは、迎撃も行えず完全に無防備だった。

わたしは海面を滑りながら姿勢を安定させ、単装砲を構える。

「発射《ファイア》っ‼」

放った砲弾は、狙い通りの軌跡を描いた。

その一撃が命中する寸前、エルドリッジは何故か嬉《うれ》しそうに微笑んだ——。

3

「……勝った」

俺のいる岸壁に戻って来たラフィーは、誇らし気な顔でぐっと親指を立てる。

「ああ、やったな」

頷いて拳を差し出すと、ラフィーはトンっと軽く拳を合わせて微笑んだ。

「おっめでとーっ‼」

　すると横から飛びこんできたサンディエゴが、ラフィーに抱き付く。

　少し遅れて駆け寄って来たヘレナ、ロング・アイランド、マッコール、カッシンの四人もラフィーを取り囲んだ。

「ラフィー、よくやったわね」

「すごい戦いだったのーっ！」

「ほら、アイスあげる」

「……ナイスファイト」

　口にアイスを突っ込まれたラフィーは、皆にもみくちゃにされながらも笑っている。

　その様子を笑顔で眺めていた俺に、海から上がったエルドリッジが近づいてきた。

「けほっ……指揮官、おつ」

　魚のエサで真っ白になっている彼女は、小さく咳《せき》をしてから俺を労う。

「ああ、エルドリッジもお疲れ。色々とありがとな」

　礼を言うと、彼女はきょとんと首を傾げた。

「エルドリッジ……お礼を言われるようなこと、してない。本気で戦って、指揮官たちの試験を難しくした」

「けど、おかげで俺とラフィーは成長できた。それに……俺たちなら大丈夫だと思って、本気で戦ってくれたんだろ？」

そう問いかけると、エルドリッジのアホ毛がピコピコ揺れる。

「……うん。最初に指揮官を見た時から、ビビッと来てた。やっぱり……指揮官は、指揮官。パない」

頷いたエルドリッジは、パンパンと粉を落としてから俺の手に触れた。

またビリッと来るかと思ったが、意外にも痺れは感じない。

「指揮官は指揮官って……当たり前のことじゃないか？」

「ううん、当たり前じゃない。指揮官は……エルドリッジの指揮官。特別」

「え？」

驚く俺だったが、その会話が聞こえたのか、ラフィーが皆の輪を抜けて俺に抱き付いてくる。

「違う。指揮官は……ラフィーの指揮官」

俺の腰に手を回して告げるラフィー。

けれどエルドリッジは動じることなく、ラフィーと同じように俺の懐に飛び込んできた。

「……問題ない。指揮官は、エルドリッジの指揮官にもなれる」

するとサンディエゴが目を輝かせて、こちらを見る。

「えーっ！　そうなの？　じゃあサンディエゴの指揮官にもなってよーっ！」

それを聞いたヘレナも、少し視線を泳がせながら口を開いた。

「まあ……〝次の段階〟はそういうことになるんだろうし……私も、その、指揮官の〝船〟になることに異存はないわ」

続いてロング・アイランドも長い袖をバタバタ振って声を上げる。

「そういうことなら、わたしを外しちゃいけないの！　指揮官さんとロング・アイランドの相性は、ばっちりだと思うの！」

マッコールとカッシンはいまいち話についていけていない様子だったが、俺に近づいてきて微笑んだ。

「よく分からないけど、指揮官さんにもアイスあげるねー」

「……おめでとう。指揮官とラフィーの戦いを見て、私も少しやる気が出た」

「ああ――ありがとう」

アイスを受け取りつつ、俺は二人に礼を言う。

そうして状況が混沌《こんとん》としてきたところで、バード准将の声が響いた。

「よくやったピヨ！　これで演習試験は合格だピヨ！」

バード准将が近づいてくるのを見て、皆は俺から離れて一列に整列した。

「先ほどヘレナが口にしたように、これで君たちは〝次の段階〟に進むピヨ。〝艦隊〟を運用してこそ、真の指揮官なのだピヨ」

「艦隊……」

俺は背筋を正し、バード准将の言葉を繰り返す。

明石は言っていた。指揮官がいる艦隊は、別次元の動きができると。セイレーンに対抗するには、そうした艦隊でなければならないのだと。

「しかしピヨ。少なくとも君はもう〝指揮官見習い〟ではないピヨ。ラフィーと深い絆《きずな》を結んだ君は、紛《まぎ》れもない〝指揮官〟なのだピヨ。もう一般兵に逆戻りなんてことはないので、安心するピヨ。まあ、後戻りできなくなったとも言えるピヨが……」

バード准将は、母鳥のような眼差しで俺を見つめる。

「〝船〟たちと共に、戦う覚悟はあるピヨね？」

「──はい」

覚悟を乗せて頷くと、バード准将は満足そうに頷いた。

「うむ。では今日は、新たな指揮官の誕生を祝して、盛大にパーティーを開くピヨ！　明石と不知火《しらぬい》が準備しているので急ぐピヨ！」

そう言って歩き出すバード准将。

その後に続きながら、俺は問いかける。

「あの……パーティーって、俺たちが不合格だったらどうするつもりだったんですか？」

「それはもちろん、君の送別会になっていたピヨ」

「……マジですか」

容赦のない返答に俺は肩を落とした。

「指揮官、結果オーライ」

すると隣に並んだラフィーが、俺の手をそっと握って微笑む。

「そうだな――結果オーライだ」

俺はラフィーに頷き、彼女の手を優しく握り返した。

互いに柔らかな握り方。

だけど、この手はきっと――そう簡単には解けない。

終章

「──うん、いい戦いだった。あなたの指揮、しっかり見届けたよ」

演習場を見下ろせる高台で、エンタープライズは満足げに呟《つぶや》く。

今朝、任務から帰投し、指揮官の試験があると聞いて観戦していたが──彼の成長は思っていた以上だった。

「私が戻るころには、一人前になっている……本当にその通りだったな」

学園の方へと歩いて行く一団を見送り、彼女も踵《きびす》を返す。

その時、彼女の傍を黒い影が過《よぎ》り、強い風が吹いた。

エンタープライズはちらりと空を見てから、軍帽の位置を直し、左腕を上げる。

すると風を切る音と共に、大鷲《おおわし》が彼女の左腕に舞い降りた。

その大鷲にエンタープライズはどこか寂しげな笑みを向け、囁《ささや》くように言う。

「指揮官……あなたがいれば、今度こそ──」

けれど彼女が口にした言葉は風に吹かれ、誰の元にも届くことはなかった。

＊

「ひっく……指揮官はぁ……ラフィーの指揮官なのぉ……」

「おい、ラフィー？　何だか目が据わってるぞ？」

俺は赤い顔で絡んでくるラフィーに、訝《いぶか》し気《げ》な視線を向けた。

明石《あかし》のショップ前にあるビーチでは、俺たちの合格を祝うパーティーが催されている。

ただ既に宴もたけなわで、皆はもう好き勝手に飲み食いを楽しんでいた。

「大丈夫よ。私がご褒美にあげたこれを一気飲みしただけだから」

近づいてきたヘレナが、空っぽになった瓶を示して言う。

「一気飲みって一体何を……」

「ふふ、ヒミツ。指揮官にはまだ早いわ」

そう言うヘレナの顔も少し火照って見えた。

「しっきかーん！　サンディエゴの直送便だよーっ！」

そこに肉が盛られた皿を手に、サンディエゴがやってくる。

「鳥さんが用意してくれたけど、鶏肉《とりにく》じゃないからねーっ！」

「……いや、それは安心したけど——今までその可能性を考えなかったのが恐ろしいというか……じゃあ何の肉なんだ？」

「ひっみつーっ！」

「また秘密かよ」

呆《あき》れながらツッコみ、肉を口に運ぶ。

じゅわりと肉汁が溢《あふ》れ、口内に旨みが広がった。

「……まあ、美味いけど」

「指揮官さんー！　お野菜も食べなきゃダメなのー！」

すると野菜の載った皿を吊《つ》り下《さ》げた艦載機が、俺のところへ飛んできた。

振り返るとロング・アイランドが手を振っている。

「ありがたくいただくよ」

俺が皿を受け取ると、艦載機はロング・アイランドのところへ戻っていった。

盛られた野菜の中にあるニンジンをフォークで突き刺し、口に運ぶ。

だがその途中で横から腕を引っ張られた。

「指揮官……それはラフィーのだから……あーん」

ぽわんとした表情のラフィーが、大きく口を開けている。

「──ウサギ、だからか？」

少し考えて問い掛けると、ラフィーはこくんと首を縦に振った。

「うん」

「了解だ。ほら」

「はむ」

俺が差し出したニンジンを頬張《ほおば》るラフィーだったが、咀嚼《そしゃく》をし始めたところで顔を顰《しか》める。

「……あんまり、好きじゃない」

「何だそれ」

俺は苦笑して、自分もニンジンを食べてみた。

「結構美味《おい》しいぞ」

「ウサギ勝負は……指揮官の勝ち」

よく分からないことを呟いて、ラフィーは俺の膝に頭を乗せ、そのまま寝息を立て始める。

俺が本物の指揮官になった最初の夜は、こうして賑《にぎ》やかに過ぎていった——。

※本作は、株式会社Ｙｏｓｔａｒが運営するアプリゲーム「アズールレーン」の世界観に基づいたパラレルワールドを舞台にした、スピンオフ小説です。

あとがき

こんにちは、ツカサです。この度は『アズールレーン　ラフィーと始める指揮官生活』を手に取っていただき、ありがとうございます。

皆さんご存知の通り、本書は大人気スマホゲーム『アズールレーン』のスピンオフ小説となります（あくまでパラレルワールド的なものだと考えていただければ幸いです）。

私がアズールレーンを始めたのは、リリース一ヵ月後ぐらいのタイミングでした。

その頃からSNSなどでよくアズールレーン関連のイラストを見るようになり、いったいどういうゲームなんだろうと、インストールしてみたのが切っ掛けです。そして見事にハマりました。その後しばらくはただ普通にゲームを楽しんでいたと思います。

同じくアズールレーンをプレイしていた担当さんに、赤城と加賀が出ません～と言ったりしていました（担当さんは既に持っていました）。

するとある日いきなり、アズールレーンのノベライズをやってみませんかというお話をいただいたのです。

ノベライズのお仕事は初めてだったのですが、これだけハマっているゲームなら書けるかもと思い、また同時に書いてみたいという気持ちもあったので、ぜひお願いしますとお答えしました。

本書にはオリジナル指揮官が登場しますが、あくまでプレイヤーの皆さんの分身として書いたつもりです。そして彼は数多《あまた》いる指揮官の一人であり、ラフィーたちもその数だけ存在していると思っています。ですのでそうした〝可能性〟の一つを眺めるような気持ちで、気軽に楽しんでいただければ幸いです。

ちなみに何故ラフィーがメインなのかと言えば、私が最初に選んだ〝主人公〟が彼女だったからです。今は〝改〟になって大活躍してくれています。

それでは謝辞を。

『アズールレーン』運営様、開発者様、関係者の皆様。まずはゲームの中で楽しい時間を過ごさせていただいたことを感謝いたします。そして今回、ラフィーたちの活躍を書く機会を得られて、本当に嬉しかったです。また最初のプロットから原稿まで、丁寧なご確認をありがとうございます。おかげで安心して進行することができました。

本書のイラストを担当してくださったせんむ様。素晴らしいイラストをありがとうございます！　ラフィー可愛いです！

担当の庄司《しょうじ》様。今回もありがとうございました。今後もよろしくお願いします。

それでは、また。

二〇一八年　六月　ツカサ

Dやデフォルメがとても似合う
ラフィー

講談社ラノベ文庫

アズールレーン
ラフィーと始《はじ》める指《し》揮《き》官《かん》生《せい》活《かつ》

ツカサ

2018年6月29日第1刷発行

発行者	森田浩章
発行所	株式会社　講談社 〒112-8001 東京都文京区音羽2-12-21
電話	出版　(03)5395-3715 販売　(03)5395-3608 業務　(03)5395-3603
デザイン	柊椋(I.S.W DESIGNING)
本文データ制作	講談社デジタル製作
印刷所	豊国印刷株式会社
製本所	株式会社フォーネット社

落丁本・乱丁本は購入書店名を明記のうえ、小社業務あてにお送りください。送料は小社負担にてお取り替えいたします。なお、この本の内容についてのお問い合わせはラノベ文庫あてにお願いいたします。

ISBN978-4-06-512644-8　N.D.C.913　212p　15cm

定価はカバーに表示してあります

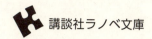

ファンレター、
作品のご感想を
お待ちしています。

あて先

〒112-8001　東京都文京区音羽2-12-21
(株)講談社ラノベ文庫編集部 気付

「ツカサ先生」係
「せんむ先生」係

より魅力的で楽しんでいただける作品をお届けできるように、
みなさまのご意見を参考にさせていただきたいと思います。
Webアンケートにご協力をお願いします。
https://eq.kds.jp/lightnovel/6272/
